KB170817

가끔 찌질한 나는 행복하다

# 가끔
# 찌질한
# 나는
# 행복하다

최정원 지음

베프북스
Best Friend Books

# 프롤로그

현관문이 열리고 닫히는 소리가 들렸다. 잠이 깼다. 엄니께서 외출을 하셨다. 비가 내리고 있었다. 고양이 세수를 하고 외출을 했다. 동네 마트에서 화이트와인 두 병을 샀다. 비가 내리니 오늘은 글을 쓰지 않고 술을 마실 작정이었다. 조금 뒤 엄니께서 돌아오셨다. 시장에 가셨는지 시장바구니가 한가득이었다. 냉장고에 넣어 두었던 와인을 꺼내 거실 탁자에 앉아 술병을 땄다.

"아침부터 웬 정종을 다 마시냐잉?"

"정종이 아니고 와인입니다. 비가 오니 한잔해야지요."

엄니는 잠깐 눈을 흘깃하더니 웬 채소를 한 다발을 가지고 와 내 앞에 등을 보이고 앉아 다듬기 시작했다. 배추도 아니고, 열무도 아니고, 총각김치도 아니고 처음 보는 채소였다. 무슨 채소일까? 아무리 생각해도 알 수도, 감도 오지 않았다.

"그거 무슨 채소래요?"

"평생 매일 먹고도 모르는 것이여. 시금치여!"

항상 밥상에 올라온 시금치나물만 보았지 시금치 그 자체를 본 건 처음이었다. 술이 한 잔 두 잔 들어가자 기분이 나물처럼 축 가라앉았다. 그리고 나물을 다듬는 엄니의 축 숨이 죽은 등이 눈에 들어왔다. 세월이 많이 흘렀다. 곧았던 엄니의 등은 굽었고, 난 그 모습을 눈치채지 못하고 살았다. 그런데 문득 시금치라는 엄니의 말을 들으니 어릴 적 보았던 '뽀빠이' 만화가 떠올랐다. 위기의 순간에 "뽀빠이 도와줘요."라고 외치면 시금치 통조림을 먹고 기운을 내 사건을 해결하는 뽀빠이 말이다.

엄니의 등에 대고 속으로 되뇌었다.

'엄니 도와줘요.'

그랬다. 70대 소녀 같은 엄니와 결혼 못한 '브루투스'같은 아들이 살아가는 어느 비 오는 날 아침 풍경이다. 가장 일상적인 반찬 중 하나인 시금치나물을 몇십 년 동안 먹고 살았음에도 모르는 나. 어느 나잇대가 되면 대부분의 사람들이 하는 결혼을 못하고 '늙은 아이'가 된 나일 뿐.

초등학교 입학식 전날 가방을 사 오신 아버지께서 한마디 하던 순간, 중학교 첫 성적표를 받고 엄니에게 빗자루로 맞던 시간, 담배를 피우다 걸려 학교에 불려 오신 고등학교 시절의 엄니의 표정을 보던 순간. 대학 졸업식 날과 군 면제를 받은 날의 아버지와 엄니의 엇갈린 표정을 보던 시간. 양복을 입고 첫 출근하던 날과 한마디 말도 없이 퇴사를 하고 대뜸 낮에 짐을 들고 오던 날의 가족 표정을 보던 순간. 어제까지 사랑한다고 말하던 연인의 입에서 헤어지자는 말이 나오는 순간. 아버지께서 마지막으로 눈을 감던 순간. 조금 전 시금치를 다듬는 엄니의 뒷모습을 보는 시간.

좋은 기억의 시간이든 순간이든, 나쁜 기억의 시간이든 순간이든 모두 추억이 되어 가는 나이가 되었다. 이 책에 쓴 글은 최근 몇 년간의 가장 일상적인 시간과 순간을 가감 없이 담아 보았다. 아주 사소한 일을 담아 한편으론 부끄럽기도 하지만 오늘의 한 사건과 생각, 순간들이 세월이 흐른 뒤에는 추억이 되겠지 하는 마음에 적어 본다. 한마디로 결혼 못한 '늙은 아이'의 반성일기라고 보면 될 듯하다.

다시 한번 되뇌어 본다.

'엄니 도와줘요.'

나만의 섬이 필요한 나이에도 난 아직 아이일 뿐이다.

눈이 기억하는 시간
마음이 기억하는 순간!
간신히 또 추억이 될 것이다.

2017. 12
유예헌에서

# CONTENTS

1장 ★★

가끔 주목받는 사람이고 싶다

☆

# 모든 추억은 꽃으로 필까?


빌라 입구에 앉았다
세상은 오후 4시인데 어둠에 젖고
비는 하늘에서 내리는데 사람들의 바지 끝이 물들고
커플은 우산이 두 개인데 한 우산 속에 포개지고
시선은 하늘에 두는데 마음은 너에게로 물들고

돌아본다는 것!
눈에 보이지 않는다는 것!

낮은 지붕에 얼굴을 가린 채 떠나가는 사람들
내 눈처럼 젖어 있을까?


- 물기가 있는 모든 것들은 몸을 숨긴다

엄니는 늦은 아침을 차려준 후 정말 10분도 지나지 않아 경로당 할머니들과 회식을 하러 나간다는 일방적인 통보를 하고 외출을 했다. 70~80대 중반의 여인들이 무슨 모임이 그리 많은지 모르겠다. 그래도 몇 시간 동안 잔소리에서 해방되었다는 생각에 마음이 편안해졌다. 집 안은 내 숨소리마저 거슬릴 정도로 고요했다. 무엇을 할까? 딱히 할 일도 없어 소파에 누웠는데 잠이 들어버렸다. 얼마 전부터 생긴 현상인데 아침 식사를 하고 나면 졸음이 밀려왔다. 택배 배달부의 방문에 잠이 깨지 않았다면 엄니가 들어올 시간까지 잤을지도 모를 일이었다. 여하튼 잠으로 세 시간의 자유 시간을 허비해버렸다.

베란다에 나가 창문을 열고 의자에 앉았다. 그러고 보니 얼마 만에 베란다에 나온 것일까? 한여름엔 키 큰 나무들의 나뭇잎 뒤에 숨어 있던 북한산 자락이 보였다. 달력을 보지 않고 지냈던 올 한 해. 어느새 낙엽이 다 떨어지고 끝물 단풍나무 잎들이 내 눈동자처럼 아리게 멍들어 있었다.

금방이라도 하늘에서 무언가 쏟아질 것 같았다. 눈이 올 듯한 하늘이었지만 11월 초라 마음을 접었다. 비라도 시원하게 내려주면 좋으련만. 한숨만 나오고 누군가와 쓸데없는 이야기라도 나누고 싶었다.

문득 자장면이 땡겼다. 자장면 하면 떠오르는 단 한 사람, 아버지였다. 두 번의 자장면에 대한 기억이 강렬했기 때문일까? 자장면을 처음 먹던 날 비가 내렸다. 아버지는 소주를 드셨고 낯선 여자가 함께 있었다. 그리고 20여 년이 지난 어느 주말 낮에도 비가 내렸다. 아버지에게 자장면을 배달해 먹자고 제안했다가 집밥 놔두고 돈 쓴다고 심한 면박을 받았고 엄니가 함께 있었다. 결론은 한 번은 원하지 않는 자장면을 먹었고, 한 번은 그토록 원했건만 욕만 실컷 먹었다. 여하튼 오늘처럼 물기를 가득 품고 있는 하늘을 보고 있으면 자장면이 땡겼고, 아버지가 보고 싶었다. 소주 한잔이 간절했다.

'우산을 가지고 갈까? 아니 몇 시간째 하늘은 간만 보고 있지 않은가! 그냥 후딱 먹고 오자.'

동네 중국집으로 외출을 감행했다. 배달을 시킬 수도 있었지만 갓 나온 따뜻한 자장면이 먹고 싶었고, 홀에서 먹은 후 현금으로 계산하면 무려 1,500원이 디스카운트되었다. 그보다 중국집 안주인인지, 직원인지 모르겠지만 카운터를 보는 여인이 동네에서는 보기 드문 미인이었기에 10분쯤 걷는 것은 귀차니즘인 나에게도 충분한 이동 사유가 되었다.

2분쯤 걸어갔을까? 갑자기 한밤중처럼 어두워지더니 손톱만 한 빗방울이 하나둘 머리통에 떨어졌다. '우르릉 꽝' 하늘이 뚫린 듯 비가 쏟아지기 시작했다. 동네 어린이집 처마 밑으로 피신했지만 장맛비처럼 그칠 기미가 보이지 않았고 담배꽁초만 늘어갔다. 이게 웬 궁상인가. 가뜩이나 잘 먹지도 않는 내가 오랜만에 외식 한 번 하려다 처마 밑에 쭈그리고 앉아 있는 신세가 되었으니 한숨만 절로 나왔다. 한 시간 정도 지나자 빗발이 약해졌다. 집으로 갈까? 중국집으로 갈까? 갈등을 하다가 중국집으로 뛰었다. 중국집에 들어서니 어느새 자장면과 군만두를 시켜놓고 아버지에 대한 추억을 떠올리며 느긋하게 소주 한잔 하려던 마음은 싹 사라져버렸다. 카운터의 여인도 눈에 들어오지 않았다. 딱 5분 만에 모든 상황을 허무하게 마무리했다.

하지만 슬픈 예감은 틀리지 않았고, 재수 없는 놈은 곰을 잡아도 웅담이 없다는 말은 사실이었다. 집 앞 300미터 정도 왔을 때 다시 "우르릉 쾅" 하더니 비가 쏟아지기 시작했다. 다시 저질 체력의 몸을 이끌고 전속력으로 집을 향해 달렸다. 숨이 턱밑에까지 차올랐을 즈음 간신히 아파트 현관에 도착했다. 고난은 여기서 그치지 않았다. 수난이대가 아니라 수난삼대가 기다리고 있었다.

엘리베이터는 9층에 머물러 있었다.

'예의 없는 사람들 같으니라고.'

뒷사람에 대한 배려는 조금도 없었다. 너무 무리한 탓인지 자장면 면말이 점점 목구멍 위쪽으로 차오르기 시작했다. 엘리베이터는 너무너무 느리게 내려왔다. 엘리베이터에 타는 순간 이 아파트의 인간 스컹크 9층 아저씨의 몸 냄새가 콧속으로 훅 들어오자 자장면 면발이 뱃속에서 거대한 파도처럼 출렁거렸다. 이를 앙다물고, 다리를 비비 꼬고, 목덜미를 양손으로 쓸어내렸다. 8층이 마치 한라산 백록담을 오를 때처럼 지루하고 고통스럽게 느껴지긴 처음이었다. 현관문을 열고 곧장 화장실로 직행했다.

"우웩…."

자장면 면발이 입과 콧구멍으로 동시다발로 뿜어져 나왔고, 장마철 계곡물 같은 눈물이 안경알 위로 흘러내렸다. 자장면을 몽땅 쏟아내고 욕실 바닥에 주저앉았다. 허무했다. 자장면 한 그릇 먹기 위한 1시간 30여 분 동안의 고행이 한순간에 변기 속으로 사라져 버렸다. 거의 기다시피 하며 거실로 나오자 어느새 집에 들어왔는지 엄니의 앙칼진 목소리가 들려왔다.

"낮술을 얼마나 처먹었으면 토를 하고 난리여."

"술 안 마셨어. 글구 아들한테 처먹었다는 표현이 다 뭐야."

"안 먹었음 말고. 쫌만 기둘려야. 김밥 싸줄랑께."


그랬다. '다 비우니까 다시 채워지는구나' 하고 생각하니 헛웃음이 절로 나왔다. 정확히 30분 후 엄니는 김밥 한 접시와 소주 한 병으로 차려진 쟁반을 들고 와 베란다 옆 작업상에 내려놓으면서 한마디 했다.

"자장면보단 김밥이 더 든든해야. 언능 묵어."

'내가 자장면을 먹은 걸 어떻게 알았을까?'

소주 한잔을 마시며 비 오는 바깥풍경을 보았다. 장대비가 억수로 내리던 날 하늘나라로 떠난 아버지가 생각났다. 오늘 술잔에는 작은 위안이 담겨 있었다.

비, 젖는다는 것, 돌아본다는 것
모든 물기 있는 것들은 그리움을 품고 있는 걸까?
그 대상이 눈에 보이지 않을 때 눈물이 난다
15일만의 화려한 외출이었다

# ⭐ 난 잡놈이다

삶에 지친 그대
기억 속의 모든 말들을 지우고
눈 감고 최면을 걸어 보세요

지나고 돌아올 수 없는 것들은 한결같이 아름답다고

때론 삶이 볼이라고 판정할지라도
항상 마음은 스트라이크처럼

얼마 전부터 아침에 눈을 뜨면 자꾸 눈물이 났다. 눈물을 닦아도 소용없어 아예 눈에 수건을 대고 잠이 깰 때까지 소파에 누워 있었다. 눈 상태가 조금 나아져 담배를 한 대 피우기라도 하면 어김없이 눈물이 쏟아졌다. 한 가지 이상한 건 오후가 되면 폭포수처럼 쏟아지던 눈물이 모두 어디로 사라졌는지 양쪽 눈에 쌍꺼풀이 생길 정도로 퍽퍽해졌다. 하물며 날이 갈수록 점점 작은 글씨들이 안 보이기 시작했다. 비와 눈이라도 올 것 같은 하늘이면 한없이 우울해져 창밖을 보며 멍 때리고 있기 일쑤였다.

'눈에 이상이 생긴 걸까? 안경에 기스가 나서 그런 걸까? 아니면 설마?'

산속 작업실 오후, 창밖만 바라보며 멍 때리고 있다가 문득 이런 생각이 스치고 지나갔다. 하던 작업을 멈추고 하산해 곧장 안과로 향했다. 몇 년 만에 가는 병원이라 불안한 마음에 조심스럽게 현관문을 열고 들어갔다. 하지만 내 마음과 달리 병원 안은 환자 한 명이 없었고 네 명의 간호사들이 프런트에 모여 담소를 나누고 있었다. 심지어 병원 한쪽은 형광등까지 꺼져 있었고 의사는 보이지 않았다.

"어떻게 오셨어요?

"시력 검사 하러 왔는데, 근무시간이 끝났나요?"

"아니에요, 들어오세요."

간호사들은 일사천리 제자리로 향했고, 한쪽 형광등이 켜지자 의사 두 명이 앉아 있었다. 하나둘 의료기계들의 불빛도 켜졌다. 이상했다. 병원에 어떻게 왔냐고 묻지를 않나, 의사들은 왜 불을 끄고 있었는지 모르겠지만 왠지 귀곡산장에 온 것처럼 등골이 서늘해졌다.

그래도 의사의 얼굴을 보니 조금 마음이 놓였다. 5년 전 시력 검사를 했던 의사였다. 세월 탓일까? 유난히 예뻤던 의사의 얼굴에서 세월의 두께가 느껴졌다.

"시력은 5년 전과 별다르지 않아요. 하지만 노안이 시작되었네요. 그 나이에 자연스러운 현상이에요. 한 시간에 한 번씩 눈을 쉬게 해주세요. 그리고 인공눈물을 처방해 드릴 테니 눈이 뻑뻑할 때 넣으세요. 아, 그리고 안압이 좀 높아요. 혹 모르니 2주 후에 백내장 검사하러 오세요."

의사의 말에 숨이 턱 막혔다. 말로만, 멀게만 느껴졌던 그 단어가 현실이 된 것이다. 혹 하나 떼러 갔다가 노안, 안압, 백내장 의심 등 오히려 세 개나 더 붙게 된 셈이었다. 그리고 하염없이 눈물이 흐른다고 말했건만 인공눈물을 처방해주다니, 가뜩이나 우울한데 하루 종일 눈물바다가 되겠다 싶었다.

오랜만에 안경점에 가서 안경을 맞추었다. 초등학교 3학년 처음 안경을 맞출 때도 난시가 높아 미국제 렌즈밖에 없다더니 오랜 세월이 흘렀건만 아직도 미국제 렌즈라니 어이 상실할 수밖에. 가격도 가격이지만 여전히 4일 뒤에 안경을 찾으러 오라고 했다.

'그래, 누굴 탓하랴, 내 눈깔이 삐꾸라 사람 볼 줄도, 세상 물정도 모르고 살았구나!'

포장마차에서 술 한잔하고 집으로 향했다. 집 현관문을 열고 들어갔지만 엄니는 도둑이 들어와도 모를 정도로 안방에서 막장 드라마를 보며 포청천 놀이를 하고 있다.

"저 죽일 년, 세상에 둘도 없는 썩어 문드러질 년…."

간단한 술상을 차려 거실이 아닌 방으로 들어갔다. TV를 켜니 드라마 〈응답하라 1988〉이 시작되었다. 드라마를 본 지 10분이 안 되어 바짝 마른 우물 같은 두 눈에 눈물이 고이기 시작하더니 이내 폭포수처럼 쏟아졌다. 드라마가 끝났는데도 눈물은 그치지 않았고, 이젠 가족 중 한 사람이 죽은 것처럼 대성통곡을 했다. 그 소리를 들은 엄니가 방문을 열고 들어와 놀란 눈으로 물었다.

"왜 우는 것이여?"

"오늘 안과에 갔더니 노안이 와서 자꾸 눈물이 난대. 글구나 갱년기가 온 것 같아. 자꾸 울고 지랄해! 그러니 걱정하지마."

밖으로 나간 엄니는 10분 만에 소주 한 병과 떡볶이를 해 가지고 들어왔다.

"슬기롭게 넘겨야?

잠시 내 얼굴을 안쓰럽게 보던 엄니가 눈물을 흘렸다.

몸도, 마음도 앞만 보고 달려온 삶이었다. 하지만 요새는 조금씩 살아온 삶의 뒤꽁무니를 쫓고 있다. 과거를 되돌아본다는 건 나이가 들어간다는 어른들의 말씀이 피부에 와 닿았다. 우울했다. 나이를 먹는다는 것 자체를 부정하고 싶었다. 나이가 먹으면 눈도 침침해지고, 몸도 예전처럼 빠릿빠릿하지 못하고, 마음도 위아래로 춤추는 게 지극히 정상일 텐데, 난 한없이 그 것을 좌절의 늪 속에 스스로 몸을 가두고 있는 것이 아닌가. 아직 아내도, 자식도, 돈도, 명예도, 심지어 머리카락도 온통 없는 것들 때문에 더욱 강하게 부정하는 것일까?

그런데 내 속마음을 부처님 손바닥 보듯 훤히 들여다보고 있는 듯한 엄니의 한마디에 몽둥이로 맞은 것처럼 머릿속이 하얗게 변했다. 슬기롭게 넘기는 것? 그래, 있는 그대로의 나를 무심히 지켜보는 것이 아닐까? 아프면 아픈 대로, 슬프면 슬픈 대로, 기쁘면 기쁜 대로 그냥 지켜보는 것 말이다. 그 하나하나 가 내 삶이고, 바로 참된 내가 것은 아닐까?

이젠 슬픔 반대로의 여행을 떠나보려 한다. 엄니는 이미 수십 년째 내 마음속을 여행하고 있었구나. 항상 온다는 말 없이 간다는 말 없이 나를 무심히 지켜보고 계셨던 것이다.

잠을 자는 동안 한 시간에 한 번씩 빗소리보다 가늘게 방문이 열렸다. 귀신보다 강한 분이 내 옆을 지키고 있었다. 아마 내일, 모레도….

'현재'라는 이 순간에 살고 있으면서도
'과거'라는 기억 속에 붙들려 살고 있는 건 아닌지?

# 늙은 아이의 반성일기

"고난(苦難)에 살고 안락(安樂)에 죽는다."
2,000년 전, 맹자가 말했다.
죽은 자는 거짓말을 하지 않는구나!
정신 줄 놓지 말고 마음을 놓자.

#

그림 한 점이 배달되어 왔다. 얼마 전 그림 그리는 친한 형
께서 인사아트갤러리에서 개인전을 열었는데, 뒤풀이 장소에서
형님께서 말씀하셨다.

"너 그거 기억하니. 수업시간에 '네가 결혼하면 그림 줄게'라고 했던 말."

"예 형님, 근데 저는 그림 앞으로도 못 받을 거 같아요. 제겐 인연이 없나 봐요."

그리고 일주일이 지나고 편지 한 장과 함께 그림이 내게로 왔다.

"네 목숨보다 귀한 사람 아니면 굳이 결혼 안 해도 돼, 동생."

'형님 부적 삼아 꼭….'

두 눈에 동백꽃이 피었다.


#

주말, 형님을 따라 강원도 평창군 미탄 기화천에 다녀왔다. 송어가 사는 몇 안 되는 곳. 거짓말 하나 안 보태고 사람은 눈 씻고 찾으려야 찾을 수 없는 오지 중의 오지였다. 난 자연인이 되었다. 옷을 다 벗었고 배가 살살 아파 그냥 쌌다. 부끄러울 게 없었다. 단지 강물이 돌아보면서 흐르고, 나무도 돌아보면서 가지를 뻗듯, 나 또한 가슴속에 담아두었던 기억들도 돌아보면서 떠나보냈다. 한마디로 자연인이었다. 형님이 송어 두 마리를 낚아오셨다. 바로 옆에 지천으로 열린 산딸기를 따서 평평한 돌 위에 송어 회를 올리고 그 위에 산딸기로 예쁘게 데코레이션했다. 송어가 담백했고 공기가 달았다.

집에 돌아오니 모든 것은 그대로였다. 긴 백수, 노총각, 술, 담배 등 모든 잔소리들이 한쪽 귀로 흘러들어왔다. 다 포기하면 자유롭게 살 수 있을까? 변덕스러운 날씨, 변덕스러운 마음. 필요한 건 용기뿐!

'달라야 달라진다.'


\#

책 마감, 잡지 원고 마감, 회사 원고 마감, 내 원고 마감. 온통 마감. 이러다 인생 마감하겠다. 책 기획, 에이전시 기획, 타 출판사 기획. 온통 기획. 내 인생 기획도 못하면서. 몸의 기(氣), 획~ 하고 빠지겠다. 회사 직원들 강의, 아카데미 강의, 공공기관 강의. 온통 강의. 나 역시 쥐뿔도 모르면서 누구에게 강의하고 다니는지 미치고 환장할 노릇이다. 가족사랑, 연인사랑, 친구사랑, 동료사랑. 온통 사랑. 나 자신도 사랑하지 못하면서 주둥이만 살았다.

얼굴엔 주름이 늘어나고 뇌 주름은 점점 줄어들고 온통 아이러니하다. 짜파게티 하나 끓여 먹고 꿈속에서 아버지께 여쭤봐야겠다. 제가 살고 있는 걸까요?


\#

비 오고, 눈 오고, 우박 오고, 해 뜨고, 다시 눈보라 친다. 원고 독촉 전화는 가슴을 찌르고, 20년 전 연인은 전화해 한숨만 쉬고, 엄니는 밥 잘 먹고 지내라고 전화한다.

인생 한 판이다. 한 공간, 두 동생은 영화를 다운 받아 같이 보자고 말하고 난 내 삶이 한 편의 영화라고 말하고 소주 한잔한다. 하지만 현재 삶을 긍정한다. 그리고 앞으론 주인공이고 싶다. 이젠 조용한 비가 내린다. 빗소리가 맛있다!

#
잠자고 일어나니 집 안이 조용하다. 식탁 위 쪽지 한 장.

"영암 외갓집에 간다. 월요일 밤에 온다. 밥 잘 챙겨 먹고 술 좀만 먹어라. 부탁한다. -4월 7일 엄마가."

엄니는 왜 소리소문없이 사라진 걸까? 서로 4일 동안의 자유지만 겨우 밥 먹고 나니 할 일이 없다. 공기놀이 한 판. 삶의 흔적은 그 사람이 보이지 않을 때 드러난다.

#
책꽂이에 나란히 꽂혀 있는 세 권의 책.

우연의 일치일까? 《당신의 직장은 행복한가》,《당신은 행복한가》,《당신이 선 자리에서 꽃을 피우세요》.

딱 병 주고 약 주는 말이군!

#
"사랑하는 사람을 가지지 마라,
미워하는 사람도 가지지 마라
사랑하는 사람은 못 만나서 괴롭고
미워하는 사람은 만나서 괴로우니라"
-《법구경》중에서


'좋아하는 사람들 만날 시간도 부족하다
과거는 보내주고 앞으로 좋아하는 사람들을
더욱 사랑해야겠다.'
마음속에 사리 하나 담는다.


#
몸이 많이 피곤한지 10년 만에 가위눌렸다. 선잠을 자고 있
는데 갑자기 내 몸 위로 엎어지며 반쯤 스며들었다. 그 또렷한
촉각! 순간 가위눌림이라고 생각한 난 아무 저항 없이 누워 있
었다. 왜냐고? 인생사가 다 그렇듯, 이 또한 발버둥 친다고 될
일도 아니기 때문이다. 점점 강하게 압박을 가해왔지만 오랜만
에 느껴보는 묵직한 촉감이라 그리 나쁘지만은 않았다. 잠시
후 이만하면 되었다 싶어 한마디 내뱉었었더니 그냥 사라졌다.
"넌 내가 좋으니. 참 이상한 놈일세. 이제 그만해라."

남들 이야기를 들어보면 숨이 턱턱 막히고 별수를 다 써도 어찌할 방법이 없다고 하는데, 휴우~ 가란다고 가위눌림마저 아무런 저항과 주저 없이 날 떠나가는구나.

'꿈에서도 사랑은 찬밥처럼.'

안주는?

사랑해줄 퀴많아아안느...

...김광석 노래.

# 프로 불참러의 어린이날

현재의 삶을 긍정한다
매 순간 필요한 단 한 가지 용기뿐
인생에서 기쁨과 슬픔 모두
축복이다!
이제 내 삶의 주인공이 되어야겠다

언제부터인지 정확히 기억은 안 나지만 몇 가지 원칙을 세우고 살고 있다. 한편으론 나이 드신 분들과 지인들에게는 변명처럼 보일지 모르겠지만 원칙을 지키며 살다 보니 삶이 조금은 편안해진 건 분명했다. 처음엔 주위 사람들의 원성도 많이 들었지만 내 마음이 편해야 살아낼 수 있는 나이가 된 지금은 눈 하나 끔쩍하지 않는다.

첫째, 나보다 어린 사람의 결혼식엔 참석하지 않는다. 친척은 물론 아무리 친한 후배도 예외는 없다. 엄니에게도 이 원칙은 적용된다. 축의금 회수할 생각은 버리라고. 당장 우리 목구멍에 풀칠이 우선이라고. 솔직히 결혼식장에 다녀오면 아무리 오랜 세월 짬밥으로 단련되었다고 해도 헛헛한 마음은 제어가 잘 안 되니까. 부러운 건 절대 아니다.

둘째, 집안 행사에 참석하지 않는다. 집안의 종손이지만 모든 집안 행사에 참석할지, 안 할지의 선택에서 후자를 택했다. 모든 대화는 결국 깔때기처럼 내 결혼문제로 모아질 테니까. 말뿐인 걱정은 나에겐 호환마마보다 더 큰 짜증을 유발하니까. 그리 걱정되면 통장에 후원금을 넣으시면 100퍼센트 기대에 보답하겠다고 말하며 결의에 찬 눈빛 레이저빔을 쏴라. 돈보다 징한 무기는 없다. 모든 사람이 한 방에 입을 다문다.

셋째, 송년회 및 기념일에 참석하지 않는다. 인생의 절반을 살아보니 그리 보고 싶은 사람도 없다. 한편으론 심장이 식어 가는 것 같아 서글픈 마음도 들지만 한순간만 참으면 된다. 밸런타인데이, 크리스마스 등은 나에겐 아무 의미도 없을뿐더러 특히 만날 때마다 지난 사건, 누구 이야기 등을 반복하면서 술 마시는 건 스트레스 그 자체이다.

근래에도 두 명의 결혼식이 있다. 결혼한다는 지인 전화를 받고 그리 악담을 퍼부으며 전화를 끊었건만 카톡으로 청첩장을 보내 왔다. 하지 말라면 더 하는 건 아이나 어른이나 매한가지였다. 그렇다면 축의금은 보낼까? 당연히 아니다. 음식을 먹는 것도 아니고 돈만 보내는 것도 예의가 아니지 않을까. 결혼식, 돌잔치, 환갑 등이 무슨 저축 예금도 아닐뿐더러 나에게 더 이상 대동계 정신은 사라진 지 오래니까. 어디까지나 내 생각일 뿐. 하여튼 내겐 각종 기념일이 아무 의미가 없고, 오늘따라 비가 내려 삭신이 쑤셔 기분이 별로였다. 현관 벨이 울렸다. 엄니는 역시나 방에서 종편 뉴스를 틀어놓고 포청천 놀이를 하고 있었다.

"썩어 문드러질 년, 염병하고 자빠졌네."

작두를 대령해야 하는 건 아닌지, 하루 이틀도 아니고. 현관문을 열러 나갔다.

남자 두 명이 서 있었다.

"배달 왔습니다."

엄니가 방에서 나오고 난 서재로 들어갔다.

30분쯤 지났을까. 배달 온 사람들은 돌아갔고 방에 들어서자 눈이 휘둥그레졌다.

"이거 뭐야?"

"온돌 침대여."

"작년에 누나가 사줬는데 왜 또 샀어?"

33

"너에게 주는 선물이여."

"생일도 아닌데 뭔 선물?"

"내일이 어린이날이잖여. 니도 이제 나이가 있어 등 지지며 자야 써야. 나가 자봉깨 그만이여."

그랬다. 내일이 어린이날이다. 이 나이 먹어서도 결혼을 못했으니 어린이라는 말이 맞긴 했다. 엄니에게 난 나이가 먹어도 영원한 아이일 것이다. 엄니에게 일 년 중 의미 있는 두 날이 내 생일과 '늙은 아이'를 위한 어린이날이라니.

그래, 내 삶 중에 기념할 날이 하나 생겼다. '늙은 어린이날.'내일도 난 결혼식에 가지 않을 것이다. 예전처럼, 지인들처럼 바쁘다는 핑계, 중요한 약속이 있다고 말로 피하지 않을 것이다. 백수가 무슨 바쁜 일이 그리 많고 중요한 약속이 있겠는가. 결국엔 돈이 없다는 말을 자존심 때문에 돌려 말하는 핑계일 뿐이지. 이제 확실한 핑곗거리가 하나 생겼다. 난 어린이날 선물을 받기 위해 결혼을 안 하는 영원한 '늙은 아이'이지 '프로 불참러'가 아니라고. 오늘 밤 나는 엄니의 따뜻한 마음으로 등 지지며 잘 것이다.

공기에서 진한 엄니의 마음 향기가 난다.
가끔, 향기가 눈물보다 진하다.

34

# 행복의 조건

하고 싶은 것 하고
하기 싫은 것 안 하고 사는 것

어쩌면 '행복'이라는 건
단순하고, 소박한 것일지도 모른다

지난여름부터 한 달에 두 번씩 산행을 하고 있다. 일요일, 산에 안 가고 누워 있으니 온몸이 근질거렸다. 북한산 도선사까지만 가기로 마음먹고 혼자 산행을 떠났다. 역시 엄니는 도시락 두 개, 봉지 커피 두 개, 컵도 두 개를 싸주었다. 여성 보험용 음식은 오늘도 예외는 아니었다. 도선사 도착하니 머리를 바짝 민 외모인지라 스님들이 자꾸 쳐다보았고, 보살님들은 내 복장과 담배를 피우고 있는 얼굴을 번갈아 쳐다보았다.

'젠장 또 오해하는군.'

그들의 시선을 피해 냅다 도망치듯 정상까지 올라갔다. 한 가지 이상한 점은 평상시엔 정상에 오르면 하늘이 노랗게 보였는데, 오늘은 파랬다, 이제 몸이 산에 익숙해진 것 같아 기분이 좋았다.

산 입구까지 내려올 즈음 '손두부'라는 간판이 눈에 쏙 들어왔다. 집이 걸어서 15분 거리에 있어 잠시 망설였지만 직접 만든 손두부의 유혹을 뿌리칠 수 없었다. 소주 한 병을 마시고 두 병째로 접어들 때 즈음 오늘 사건의 서막이 올랐다. 옆 테이블에 앉은 등산객들이 저마다 등산복 자랑을 시작한 것이다. 점퍼는 프랑스제이고, 바지는 얼마 주고 샀다는 둥 실컷 자랑질을 하더니 혼자 술을 마시고 있는 나를 위아래로 스캔을 했다. 그리고 자기네끼리 작은 목소리로 쑥덕거렸다. 분명 내 옷차림에 대해 이야기하는 것 같았다. 대학 시절에 작은 매형이 준 등산화만 신었을 뿐 겨울용 트레이닝 바지에 일반 겨울 점퍼를 입고 있었다. 술집 안 등산객 중 나만 동네 마실 나온 옷차림이었다. 은근히 개무시 당하는 것 같아 기분이 점점 나빠졌다. 술을 마시다 말고 서둘러 술집을 나왔다. 그때 술집 아래로 죽 이어져 있는 등산복

전문 매장의 간판이 눈에 쏙 들어왔다.

'그래, 등산복 때문에 개무시를 당할 순 없지! 비싸 봤자 등산복이지.'

일전에 산악 전문가인 지인이 알려준 메이커의 매장으로 들어갔다. 등산복 매장 안은 정말 다양하고 멋진 옷들이 많았다. 한마디로 신세계였다. 점퍼와 바지, 등산화를 골랐다. 하지만 잠시후 가슴이 철렁 내려앉았다. 가격이 어마무시했다. 내가 잠시 고민을 하자 점원은 양말과 물통, 방석을 서비스로 주겠다고 말했고, 아까 술집에서 개무시를 당한 일이 떠올라 무한한 오기가 생겼다. 카드를 긁었다. 한 번도 안 해본 3개월 할부로 말이다. 왠지 3개월 할부로 계산하면 빚을 지는 것 같아 엄니와 난 항상 일시불로 계산을 했다. 뿌듯한 마음으로 등산복 매장을 나왔지만 카드값 때문에 마음 한구석이 무거웠다. 이럴 때 방법은 딱 하나! 동네 포장마차에서 술 한잔 더 마신 후 집으로 향했다. 현관문 닫히는 소리에 방에서 나오던 엄니는 쇼핑백을 잔뜩 들고 서있는 나를 보자 어리둥절한 표정으로 쇼핑백을 받아 거실 술상 앞에 내려놓았다.

"이게 다 뭣이여. 혼자 등산 간다더만 산에 안 가고 백화점에 간 것이여?"

"딱 술 한 잔만 줘."

술기운이 필요했다. 오늘따라 2차까지 갔지만 취하지가 않았다. 술 한잔을 마신 후 엄니에게 손두부 집에서 개무시 당한 일을 좀 더 리얼하게 털어놓았다.

"어떤 징한 것들이 니를 무시를 하는 것이여. 잘 샀어야. 근데 이게 다 얼마어치냐잉?"

그랬다. 결국 올 것 왔다. 겨울 점퍼 50만 원, 신발 27만 원, 바지 20만 원, 속상의 3만5천 원 합이 100만 5천 원이었다. 엄니는 아무렇지도 않다는 표정을 지었다. 몇 년 전, 백화점에 간다는 말 없이 100만 원어치의 옷을 사 왔을 때는 오히려 칭찬을 했었다. 내가 정말 괴로울 때면 몇 년에 한 번 직접 옷을 사러가는 것을 알고 있었다.

하지만 얼마 전 100만 원이 큰돈이라는 걸 몸소 느꼈다. 친한 지인들에게 5천만 원도 아니고 단돈 50만 원도 빌리지 못하고 마음 상하지 않았던가. 그런 상황에서 100만 원을 썼으니 할 말이 없었다. 평소 100원도 아끼는 엄니는 나에게만큼은 100만 원은 자존심의 상징적인 숫자일 뿐이었다. 더더욱 무시까지 당했다는 것은 곧 자신을 무시하는 것으로 간주했을 것이다. 엄니는 다른 건 참아도 무시당하는 것만큼은 지나온 삶에서 뼈저리게 느껴 참지 않았다. 여하튼 등산복이 예쁘다며 흡족해했고, 난 다음 주부터 마음 편하게 등산을 다닐 것이다. 엄니는 역시 내 삶의 상징적인 존재였다. 방으로 들어가려는 데 엄니가 한마디 했다.

"니 설마 골프도 할 건 아니지?"

행복은 스스로 결정하는 것,
어차피 돈 주고 살 수도, 팔 수도 없으니까.

똑같아야만 행복할까?

# 나는 추억을 연출한다

텅 빈 집
화목난로 옆 흔들의자에 앉아
뜨거운 쑥차 한 잔 마신다.
탁, 탁, 탁
장작 타는 소리
굇바퀴 속을 달리다가
어릴 적 동네 서점 연탄난로 옆 바닥에 쪼그리고 앉아
《소공자》를 읽는 어린아이의 손등에 내려앉는다.

텅 빈 마음
화목난로 옆 흔들의자에 앉아
뜨거운 한숨을 내뱉는다.
달, 달, 달
쑥차 달여지는 소리
추억 속을 달리다가
동생 집에 눌러 붙어
《데미안》을 읽는 늙은 아이의 마음에 내려앉는다.

그리움의 시계는 거꾸로 도는 것일까?

아무것도 원하지 않는 오후다!

간밤에 어린 게스트들과 술 한 잔을 해서일까? 몇 년 동안 제주도에서 하루 이틀 술을 마신 것도 아닐 터인데, 오늘처럼 긴 잠을 자기는 처음이었다. 집 안엔 바람 소리만 가득했다. 평상시 같으면 늦은 식사를 하는 게스트들이 부엌에서 달그락거리며 설거지를 하거나 방을 청소하느라 진공청소기가 매미처럼 끈질기게 울어야 할 시간이었다.

하지만 이 집엔 아무도 없었다. 도미토리 방과 커플 방의 문을 열어 보았지만 하얀 시트 위에 두 개의 베개가 나란히 놓여 있을 뿐이었다. 옆 동 주인장 방에도 가보았지만 결론은 똑같았다. 그 많던 게스트들은 다 어디로 사라진 것일까? 한 번도 말없이 외출한 적이 없는 주인장은 또 어디로 사라진 것일까?

대충 아침 겸 점심 식사를 하고 마당 귀퉁이 그늘에 숨어 담배 한 대를 피웠다. 마당 한가운데는 햇볕이 내리쬐어 따뜻했지만 이 집은 제주도에서 바람 불기로 유명한 성산에서도 바람이 지나가는 길목에 위치해 있어 봄날에도 마치 시베리아 같았다. 심지어 담배를 두 모금 빨면 다 탔고, 바람이 센 날은 입에

문 담배가 날아가기도 했다. 담배를 한 대, 두 대, 세 대를 피워도 주인장과 게스트들은 나타나지 않았다. 눈앞에 보이는 성산 일출봉은 왠지 어릴 적 집 뒤에 있는 돌산 같았고, 한 시인이 쓴 시처럼 난 빈집에 찬밥처럼 담겨 열무 삼십 단 이고 시장에 간 엄마를 기다리는 심정으로 마당 구석에 앉아 바람 소리만 원망하고 있었다.

"형, 어제 가져간 장작으로 따듯하게 불 피우고 계십니까?"

인근에 사는 농부 동생에게서 전화가 왔다.

"어어어어, 그럼!"

순간 오늘 즐거운 오후가 되리란 기대감이 생겼다.


그랬다. 이 집에 처음 온 날, 마루 끝에 떡하니 놓여 있는 화목난로와 흔들의자가 제일 먼저 눈에 들어왔다. 서울에서 이 집 주인장과 전화 통화하며 화목난로를 샀다는 말을 지난 겨울에 들었지만 막상 눈으로 확인하니 잊고 지내던 어릴 적 로망이 스멀스멀 피어올랐다. 그래서 어제 농부 동생 집에 갔을 때 마당에 쌓여 있는 장작더미에서 통짜로 된 것을 4개 가지고 왔다.

"형, 귤과 갖가지 채소 달라는 사람은 봤어도 장작 달라는 사람은 처음 보네요. 그것도 겨울도 아닌 따듯한 봄날에."

"다 쓸 데가 있어. 내일은 내 평생 로망을 불살라 볼 거야."

어릴 적부터 내겐 한 가지 로망이 있었다. TV 만화영화나 동화 속에 등장하는 한 장면, 즉 벽난로나 난로 옆 흔들의자에 앉아 여유롭게 책을 읽으며 따뜻한 코코아 한 잔을 마시는 것이었다. 하지만 대부분 한옥과 아파트에 살았기 때문에 언감생심이었다. 연탄 부뚜막 솥단지 옆에 앉아 책을 읽는다? 가스보일러 옆에 앉아 코코아를 마신다? 왠지 폼 빠지지 않는가? 드디어 오래된 로망을 실현할 수 있는 절호의 기회가 온 것이었다.

우선 장작을 패기 위해 도끼를 찾았다. 평소 자연에서 사는 사람들의 일상을 담은 TV 프로를 애청하다 보니 언젠가 기회가 되면 꼭 도끼질을 해보리라 마음먹고 있던 터였다. 하지만 현실은 손도끼와 망치뿐이었다. 고난의 행군의 시작이었다.

마당에 쭈그리고 앉아 손도끼를 장작에 대고 망치질을 했다. 5분, 10분 계속 이어졌지만 장작은 다이아몬드처럼 단단했다. TV 프로에서 본 것처럼 한 번 도끼질에 장작이 쩍 갈라지는 건 현실에서는 꿈과 같았다. 30여 분의 사투 끝에 쪼갠 장작을 들고 화목난로 입구에 넣어보니 겨우 들어갔다. 하지만 잔불이 없어 아무리 신문지와 종이박스에 불을 붙여도 연기만 집 안에 가득 찰 뿐이었다. 궁여지책으로 가스 토치로 십여 분 불을 붙이니 조금씩 나무에 불이 붙었다.

하지만 1~2분이 지나면 여지없이 연기만 날 뿐 불이 꺼졌다. 현관문과 창문을 열고 연기를 빼낸 후 다시 가스 토치로 불을 붙이기를 세 번 정도 하자 겨우 불이 붙었다. 온몸에 연기 냄새가 배고 얼굴은 검댕투성이일뿐더러 집 안은 난장판이 되었다. 마루를 대충 걸레로 닦고 환기를 시킨 후 목욕을 했다.

장작이 활활 타기 시작했다. 인진쑥을 넣은 주전자를 화목난로 위에 올려놓고, 부엌으로 가 고구마 몇 개를 호일에 싸가지고 온 후 흔들의자에 앉았다. 로망이 현실이 되는 순간이었다.

하지만 로망은 산산조각이 나고 말았다. 서울에서 가져온 책을 드는 순간 망치질 때문인지 팔목이 후들거려 읽을 수가 없었다. 책을 무릎 위에 올려놓고 쑥차 한 잔을 들고 후들거리는 팔로 겨우 스마트폰을 들고 인증샷을 찍었다. 극도의 피로감이 몰려들었다. 화목난로의 주전자가 달달달 소리를 내며 끓었고, 난 그 소리를 자장가 삼아 잠이 들었다.

"오빠, 집을 완전히 쑥 사우나를 만들어 놓았네."

현관문이 열리더니 어디론가 사라졌던 주인장의 목소리가 들려왔다.

"어!"

"이 봄날에 웬 난로를 때서 집안을 사우나로 만들어 놓은 거야. 이거 봐 온몸이 땀에 푹 쩔었네. 쑥차도 다 쫄았구."

깜짝 놀라 화목난로를 열었다. 주인장 주려고 넣어둔 고구마는 흔적 없이 사라졌고 약간의 호일 조각만 남아 있었다. 주인장이 보기 전에 얼른 화목난로를 닫았다. 군고구마에 대해서는 일언반구도 하지 않았고 몇 시간 동안의 개고생에 대해서 입을 닫았다.

SNS에 올린 사진은 아주 포근하고 로맨틱했다. 하지만 인증 샷 하나만 남고 나의 로망은 다시 로망으로 남았다. 아직 세 개의 장작이 남았지만 쳐다보고 싶은 마음도 없었다. 로망은 로망일 뿐이었다. 역시 인생사는 일부러 연출한다고 되는 것이 아니었다.

가끔, 남겨두는 것도, 숨겨 두는 것도,
사라지는 것도 괜찮을 것 같다
언젠가는 그리워지리라.
이 순간이 그리워지고, 그러면 추억이 될 테니까.

# 가끔 주목받는 사람이고 싶다

봄날,
당신을 만나러 나갔다가
달을 만나고 옵니다
어쩌면 처음부터
달을 만나러 나갔는지도 모릅니다

다섯 개의 달이
마음 모서리에 고여 있습니다

기쁨, 슬픔
모두 한 마음속에 있습니다

모든 간절함은 물기를 품고 있는 걸까요
가끔 누군가에게 주목받는 사람이고 싶습니다

베란다 의자에 앉아 창밖을 바라보았다. 봄이 오고 있었다. 나뭇가지마다 봄소식을 가지고 온 베이비 그린 나뭇잎이 가득했다. 지금 이 시간이면 산속 작업실에서 멍 때리거나 작업을 하고 있어야 하지만 이틀째 내리는 비 핑계로 손가락 하나 까딱하고 싶지 않았다. 애꿎은 담배꽁초만 하나둘 늘어났다.

"형님, 비도 오는데 낮술 한잔하지요? 지금 서울입니다."

오랜만에 제주도에서 음식을 만들고, 음악을 하는 한 동생에게서 전화가 왔다.

드디어 할 일이 생겼다. 비 오는 날 친한 지인과 낮술이라면 춘향이 비단 치맛자락도 내팽개쳐야 하지 않겠는가. 고양이 세수를 한 후 택시를 타고 약속장소로 향했다.

빗줄기가 제법 굵어졌다. 동생은 우산도 쓰지 않고 가게 처마 밑에 서 있었다. 오랜만에 만나니 무척 반가워 서로 부둥켜안았다. 하지만 이내 우산을 쓰고 지나가는 사람들의 따가운 시선과 웃음소리에 멋쩍어져 술집으로 향했다.

"여기 장어 2인분이요."

술집 주인은 비를 맞고 들어올 때부터 우리에게 시선을 고정하고 있었다. 우리가 장어를 주문하자 왠지 주인은 의심이 가득한 눈빛으로 장어를 가지고 오더니 한마디 했다.

"비도 오고 낮술 하기 딱 좋은 날이죠. 근데 손님들은 어디서 오셨어요?"

"그걸 왜 물어보세요?"

"아, 아닙니다. 맛있게 드세요."

술 한 병쯤 비웠을 즈음 동생이 소설 쓰시는 OO 형님한테 전화를 했다고 말했다. 아니나 다를까. 말이 떨어지기 무섭게 형님이 문을 열고 들어오셨다. 우리처럼 비를 잔뜩 맞은 채로 말이다. 형님 모습을 보자 장어집 주인의 눈이 커졌다. 무언가 확신이 선 듯 입술을 꽉 앙다물더니 고개를 끄덕이면서 술잔을 가지러 갔다. 소주 다섯 병을 마셨다. 여전히 장어집 주인은 우리 자리를 주시했다. 2차를 하러 장어집을 나와 걷다가 뒤를 돌아보니 장어집 주인이 쳐다보고 있었다.

우리 일행은 속도 풀고 요기도 할 겸 인근 냉면집으로 향했다. 형님이 문을 열고 먼저 들어가고, 다음엔 나, 마지막으로 동생이 들어서자 주인은 물론 손님들의 시선이 일제히 우리에게 쏠렸다. 메뉴판을 보는 동안에도 그들의 시선은 고정되어 있었다.

"여기, 물냉면 세 그릇하고, 갈비 3인분 주세요. 소주도 두 병이요."

여러 테이블에서 웅성웅성하는 소리가 들렸다. 음식을 먹는 중에도 주인장과 손님들은 계속 곁눈질했다. 심지어 새로 온 손님들 중에는 입구에서 우리를 보곤 깜짝 놀라는 경우도 있었다. 소주 한 병을 마셨을 즈음 음식점 문이 열리는 소리가 나자 다른 손님들 자리에서 다시 웅성웅성하는 소리가 들렸다. 가수 00가 역시나 비를 맞고 들어와 우리 자리로 왔다. 동생이 서울 온 김에 지인들을 다 부른 모양이었다. 세 명까지는 가끔 모여 술을 마셨던 터였지만 네 명이 되니 손님들의 시선도, 나도 좀 부담스러웠다. 그래도 우리 일행은 부어라 마셔라 양껏 술을 마셨다. 30분 정도 지나자 한 여자분이 들어오더니 우리 자리 앞에 섰다. 가수 00의 여자 친구였다.

여자 한 명이 합석하자 주위의 시선은 더욱 맹렬해졌다. 뭐랄까? '남자 네 명을 혼자 만나는 저 여자는 뭐 하는 여자인가?'라고나 할까. 여자가 화장실에 가려고 자리에서 일어나자 모든 냉면집 손님들의 시선이 뒤를 좇았다. 화장실에 다녀온 여자는 사람들의 소곤거리는 소리를 들었는지 웃으며 앉았다.

"이런 시선과 소근거림은 괜찮아요. 한두 번인가요."

그랬다. 우리 네 명의 헤어스타일은 똑같았다. 스킨헤드! 일명 빡빡이였다. 두 명은 안경을 쓰고 체격이 말랐으며, 두 명은 조폭처럼 건장한 체구를 자랑했다. 안경 쓴 두 명을 보면 학승 같기도 하고, 나머지 두 명을 보면 조폭 같았을 것이다.

결론은 스님들이 옷 갈아입고 봄날 대낮에 장어집에서 몸보신하고 냉면집에서 냉면을 핑계로 갈비를 구운 것이다. 거기에 20대 중반의 여자와 함께 말이다. 그런 시선에도 우린 부어라 마셨다. 심지어 큰 목소리로 조계종, 천태종, 태고종, 진각종 등 각 불교 종파 대표 선수가 모였다며 건배를 하기까지 했으니 사람들의 시선이 고울 리가 있을까. 여하튼 얼굴이 붉으락 푸르락 해서 냉면집을 나오니 비는 개고 깜깜한 밤이었다.

3차를 가기 위해 종로 조계사 앞을 지나며 밤하늘을 보았다. 보름인지 달이 둥글게 차올랐다.

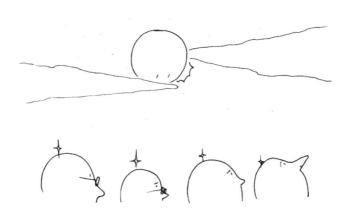

종로에 뜬 다섯 개의 달! 비 맞은 중 네 명이 옹알이하듯 각자 노래를 흥얼거리며 걸어갔다. 문득 얼마 전 한 국악인이 술집에서 불러준 〈춘향가〉 중 기생이 거렁뱅이에게 술을 따르라는 소리를 듣고 비아냥거리는 〈권주가〉의 가사가 떠올랐다.

"이 한 잔 술 받으면 천만 년 이 모양 요꼴."

슬픔도 슬픔을 위로하지 않는 세상
주위의 시선은 편견의 채찍질일 뿐이다.
달에 웃다!

# 늙은 아이들의 제2의 인생 상륙작전

소나기가 쏟아지면
구름 위로 올라가라

밀리면 끝장이다

〈벙커 1〉에서 특강을 하게 되었다. 기자아카데미, 여성인력센터, 대학교 등에서 강의를 했지만 대부분 일과 관련된 강의였다. 이번 강의는 색달랐다. 기존에 강의하신 분들의 약력과 강의 내용을 보니 더욱 뜬금없다는 생각이 들었다. 대체로 진보 성향의 경력 빵빵한 대학교수들의 전공 인문학 강의가 대부분이었고, 이름만 들어도 알 수 있는 유명 저자들이 강의를 했다. 그렇다면 난 교수도 아니고 유명 작가도 아닌데 왜, 그리고 무슨 강의를 하는 것일까? 그렇다. 〈벙커 1〉 강의상 초유의 사태가 발생했다. 직업과 전혀 상관없는 실전형 삶의 체험 현장, 즉 결혼 못한 '늙은 아이'의 일상과 생각을 여과 없이 보여주는 강의였다. 노총각, 노처녀 생존법 강의라니! 한편으로 생각해 보니 나에겐 해당 사항이 없지만 100세 시대라고 하니 인생도 이모작이 필요한 시대가 아닌가. 어쨌든 결혼을 했든 안 했든 제2의 인생을 준비해야 하는 시기가 온 것이다.

"오빠는 결혼 안 해? 오빠가 장손이라며 대가 끊기는 것 아니야? 아님 애인이라도 만들든지."

"집안 근심 없애자고 한 여자 인생 조질 일 있니. 너도 알지만 내가 누구를 죽도록 좋아하는 성격도 아니고 혼자 사는 게 인류를 위한 길이야."

"그래도…."

"나 〈벙커 1〉에 특강하러 가."

"거기 유명한 사람들만 강의하는데 오빠가 무슨 강의할 게 있어?"

"음, 노총각, 노처녀, 즉 결혼 못한 '늙은 아이'들에 관한 강의야. 고민되네. 솔직히 있는 그대로 생각한 그대로 이야기해야지."

강의하는 날, 눈이 왔다. 지인들뿐만 아니라 내 또래와 많은 청중들이 왔다. 강의를 하기 전 청중들 얼굴을 보니 떨리지 않았다. 동병상련인 사람들이 모여서일까? 한편으론 우군한테 공격을 당하면 치명타일 수도 생각하니 조심스러웠다.

"대한민국에는 네 종류의 사람들이 존재합니다. 흔히 말하는 남자, 여자 그리고 아줌마. 그렇다면 나머지 한 종류는 어떤 사람일까요? 회사, 집안, 술자리, 여러 모임 등 어느 곳에든 존재합니다. 집안 행사나 명절 때 모든 자랑거리나 화젯거리가 떨어져 민숭민숭한 분위기 때, 지인들과의 술자리가 무르익을 무렵, 회사 회의가 끝난 후에 어김없이 타의에 의해 엄청난 존재감을 드러냅니다. "넌 왜 결혼 안 해?" "너 때문에 우리 집안 대가 끊긴다." "너 그러다 처녀 귀신 될 거야." "노총각, 노처녀 히스테리, 저러니까 결혼 못 하지." 한마디로 흩어진 공론을 기가 막히게 모으는 깔때기 같은 존재이기도 합니다. 하지만 잉여인간에 불과할 뿐입니다. 조금 감이 오십니까?

그렇습니다. 노총각, 노처녀, 한마디로 결혼 안 한, 못한 '늙은 아이'들, 바로 우리들입니다. 그렇다면 우리들은 누구일까요? 그렇습니다. IMF 시대를 겪었거나 낙타 바늘을 뚫기보다 힘든 취업난을 뚫고 입사해 주구장창 상사의 따까리 생활을 열심히 했고, 30대 초 중반엔 나만의 자유와 이 나라의 경제를 위해 누구보다 열심히 일한 용사들이 아닌가요.

하지만 세월 앞에선 장사가 없습니다. 화려한 시절은 가고 어느새 노총각, 노처녀라는 타이틀만 얻었습니다. 20대의 체력도 없습니다. 돈도, 애인도, 아이도 없고 머리숱도 줄어갑니다. 온통 없는 것뿐입니다. 딱 하나 늙은 아이들이 가진 건 자존심, 아니 견고한 똥고집뿐입니다. 한마디로 매를 너무 많이 맞아 심장에 맷집이 생긴 것이지요.

늙은 아이들, 시대가 많이 변했습니다. 이제 우리의 현실은 '살아 내야'하는 시기입니다. 인생의 쓴맛을 보고 용사들이여! 이제 제2의 인생 상륙작전을 펼쳐야 할 때입니다. 어떤 고통과 핍박이 있어도 살아남아야 합니다.

(중략)

내 인생 부모, 형제, 친구, 친척, 그 누구도 대신 살아주지 않습니다. 바람이 불면 정면으로 맞서지 말고 옆으로 비켜서세요. 폭우가 쏟아지면 구름 위로 올라갑시다. 나중에 누군가 주위의 시선과 구박을 어떻게 견뎌냈냐고 물으면 당당하게 한마디 해주세요.

'밀리면 끝장이다.'"


강의가 끝나고 지인들과 뒤풀이를 했다. "그렇게 잘 아는 사람이 결혼은 왜 못 하냐, 이론과 현실은 다르다, 그래도 결혼은 해라" 등 여러 의견들을 안주 삼아 술을 마셨다. 하지만 그분들은 아홉 가지는 알고 있어도 딱 한 가지는 모르고 있었다. 결혼 안 하거나 못한 사람의 마음. 아무리 잘 나가는 골드 미스들도, 일명 잘 나가는 억대 연봉맨도 우아하게 와인을 마시며 고상한 척해도 1인당 한두 병 마시면 이구동성으로 하는 진심이 담긴 주정이랄까?

"편하지만 외롭다."

강의 마지막에 말하려고 했다가 멈춘 한 문장.


외로움과의 싸움은 끝이 없지만 이제 면역력이 생길 때도 됐지요? 단지 바람이 있다면 외롭지 않게 혼자 살고 싶을 뿐입니다.

# 난 매일 85번 버스를 탄다

몸이 움직인다는 것
마음이 움직인다는 것
오늘은 처음부터 마지막까지
완벽한 하루였다고 생각할 것이다

혼자 있는 장소에서 들리는
내 숨소리가 정겹다!

인생 한 판을 먹는다

작업실에 간다. 마을버스를 타고 내려 지하철로 두 정거장을 이동하면 작업실로 가는 경기 버스 정류장이 나온다. 집에서 일을 할 수 있지만 오랜 직장생활을 한 탓인지 출근을 해야 마음이 편했다. 한 가지 다른 건 이젠 출근이 고통이 아니라 즐거운 소풍 같은 느낌이 든다는 것이다. 작업실은 행정 구역상 경기도이지 고개 하나를 사이에 두고 경기도와 서울로 나뉜다. 10번, 10-1번, 33-1번 80번, 85번 등 모든 버스를 타도 경기도로 넘어선 첫 번째 정류장을 지나친다. 그렇지만 난 매일 85번 버스를 기다린다. 다른 버스가 와도 85번 버스를 기다린다.

"어서 오세요."

"안녕하세요."

1년이 넘게 매일 만났지만 우리의 대화는 딱 거기까지다. 그녀는 맨 앞자리에 앉는다. 나 또한 맞은편 앞에서 두 번째 자리에 앉는다. 정확히 버스는 5분 뒤에 출발할 것이다. 버스를 타는 시간 5분을 합치면 매일 10분간 그녀를 만난다. 버스 시동이 켜진다. 동네 할머니들이 하나둘 입차해 자리에 앉는다. 여느 때처럼 군부대에서 내리시는 할머니는 오른쪽 뒤에서 두 번째 자리에 앉았고, 동막골에서 내리는 할아버지는 왼쪽 세 번째 자리에 앉는다. 매일 만나는 차 안의 풍경, 항상 정해진 궤도를 돈다.

흰색 운동화! 그녀의 발이 움직이기 시작한다. 두 팔도 움직인다. 작은 몸집이기에 고불고불한 도로를 질주하는 그녀는 마치

춤추는 것 같다. 딱 보기에도 20대 중반의 여인! 중년의 여성이 택시나 대리운전을 하는 것은 가끔 보았지만 20대 여인이 버스 운전을 하는 것은 처음 보았다. 발상의 전환일까? 낯섦일까? 생계의 간절함일까? 무엇이든 좋다. 어차피 인생 한 판 아닌가? 난 오늘도 내일도 그녀의 흰색 운동화와 85번 버스의 지휘자를 만나며 완벽한 하루를 꿈꾼다.

더 이상 나를 죽일 수 없을 때 청춘이 가는 것!
요새 난 멀리 달아난 줄 알았던 젊음을 다시 느끼기 시작했다.

# 모든 하루가 낯설다

꽃이 피고
낙엽이 떨어지고
비가 오고
눈이 오고
바람이 분다

새벽, 방문 앞으로 걸어오는
엄니의 발소리

낯선 하루가 시작된다

"동생, 오늘 한가하지?"

"항상 똑같지 뭘. 근데 왜 전화했어?"

"그냥, 잘 지내렴."

이른 아침, 누나의 전화를 받았다. 무슨 이유로 전화를 한 것일까? 일 년에 한두 번 전화 통화를 할까 말까 하는데 말이다. 담배를 사러 편의점에 갔다. 입구에 초콜릿이 쌓여 있었다. 매장 안도 입구와 다를 바 없었다. 무심코 편의점 알바생에게 물었다.

"왜 이렇게 초콜릿을 많이 진열해 놓죠?"

편의점 알바생은 황당한 표정을 지으며 대답했다.

"밸런타인데이니까요."

2월 14일이었다. 회사를 관둔 후 날짜 관념이 없어졌다. 혹 회사에 다닌다고 해도 오늘이 밸런타인데이인 줄 몰랐을 것이다. 10년 넘게 나하곤 아무 관련이 없는 날이었으니까. 초콜릿을 하나 샀다. 언젠가 조카가 했던 말이 문득 생각났기 때문이다.

"엄마, 삼촌은 왜 초콜릿을 안 받아 와. 애인이 없으면 회사 여직원들이 줄만도 한데."

그날, 내색은 하지 않았지만 속으로 무지 찔렸던 기억이 있다. 내일 작은누나 집에 들러 조카에게 한마디 해야겠다.

"삼촌이 어제 받은 건데 니 먹어라."

그랬다. 밸런타인데이, 화이트데이, 생일, 크리스마스에 난 늘 한가했다. 누나가 왜 전화를 했는지 알겠다. 어찌 보면 모르는 게, 다 타버리는 게 나을 수도 있을 텐데….

일도 사랑도 힘들지만
나는 무엇보다 내가 제일 힘들다.
백수가 된 난
모든 하루가 낯설다.

# 바람에 지지 않는 태양처럼

"걱정한다고 될 일 아니믄
몸만 건강하면 되는 것이여
우린 끄떡없어야."

몇 년 만에 집 통장의 잔고를 보았다. 제주도에서 3개월 글을 쓰고 방값을 지불하다가 우연히(?) 알게 되었다. 10여 년 전 아버지께서 하늘나라로 가신 후 모든 통장을 엄니에게 넘기고 얼마간의 현금과 신용카드 한 장으로 살았다. 월급쟁이의 월급이라는 게 뻔하고, 집안 살림을 일일이 간섭하는 성격도 아니었기에 군말 없이 엄니에게 전권을 넘겼다. 그 덕분에 집 한 채는 남았고, 회사를 관둔 후 "네가 회사를 관뒀어도 우린 끄떡없어야" 하는 엄니의 위안 섞인 말을 믿고 몇 년 동안 맘 편히 여행을 다니며 글을 썼다.

뻔한 월급으로 억대의 돈을 저금해 놓을 일도 없었지만 그냥 내 일만 했다. 그렇다고 직장 생활할 때처럼 죽자고 일한 것도 아니고, 결과도 미미했다. 한마디로 한량이었다. 무속인 지인의 말이 딱 맞았다. 이 양반은 전생에 선비였고, 이번 생은 스님 팔자라 결혼을 못한다고. 그래, 후자는 둘째치고 전생에 선비라 했는데 지금 보니 딱 놈팽이 아닌가. 서울로 올라와 며칠 동안 방에서 나오지 않고 고민을 했다. 당장 이번 달 얼마 안 되었지만 카드 값이 걱정되었기 때문이다. 4일째 되는 날 밤, 엄니에게 속마음을 털어놓았다.

"이제 외출 안 하고 집에서 글만 쓸게."

"뭔 말이여. 남자가 집에만 있으면 붕신 돼야. 현금 떨어졌냐. 내일 줄 땡께 니 하든 대로 해야. 우린 끄떡없어야."

"통장 잔고 봤어."

그 말에 엄니는 고개를 숙이고 엄지발가락을 만지더니 아무 말없이 방으로 들어갔다. 잠시 후《천수경》을 읽는 엄니의 목소리가 들렸다.

그랬다. 엄니는 초등학교 때부터 지금까지 어떤 크든 작든 어떤 사건이 터져도 당황해하지 않았고 무릎을 꿇지 않았다. 아버지 사업이 망했을 때도, 내가 대학에 떨어졌을 때도, 아버지께서 돌아가셨을 때도, 집 사기를 당했을 때도, 가족이 아파 수술을 받을 때도, 대학 졸업 후 취직을 못할 때도, 회사를 서너 번 관두었을 때도 말이다. 오히려 사건이 터지기 전보다 더 당당하게 행동했고 끝내 이겨내었다. 한마디로 우리 집의 수호신이었고 해결사였다. 바람에 지지 않는 태양처럼 엄니가 평생 입에 달고 산 한마디.

"우리 끄떡없어야!"
앞으로 내 삶에서 '적당히'라는 단어는 없다.

## 뒤늦게 알아가는 것들의 소중함

몇 달 전 지인이 물었다.
"요새 무슨 즐거움으로 사세요?"
"이제 회사도 그만두었으니 편안하게 술 마시는 거 아닐까요?"

며칠 전 지인이 똑같이 물었다.
"요새는 무슨 즐거움으로 사세요?"
"생소한 것들을 알아가는 것입니다!"

"점심 꼭 챙겨 먹어야?"

오전 10시가 되자 엄니는 어김없이 외출을 했다. 조용히 혼자 있으라는 배려가 담겨 있지만 오후 6시까지는 무슨 일이 있어도 영화 제목처럼 돌아오지 않는 해병이 될 것이다. 한마디로

6시까지 모든 집 안에서 일어나는 일은 직접 해결해야 한다는 뜻이기도 했다. 20년 가깝게 회사 생활을 하다가 혼자 집에 있으면 평온할 거라 생각했다. 사장의 호된 질책, 부하직원 관리, 무엇보다 회의를 안 해도 될뿐더러 실제로 회사 다닐 때 주말의 집은 천국이었다.

하지만 어디든 무슨 일이든 나름의 고충이 있다고 하지 않던가. 천국을 예상했던 바람은 며칠 후부터 점점 예상을 빗나가기 시작했다.

오늘도 아침 식사와 달리 간단히 점심 식사를 하고 책상에 앉아 원고를 쓰고 있는데 현관 벨이 울렸다. 오랜만에 글 속도가 나던 참이어서 한숨만 나왔다. 도시가스 검침 하는 날, 정수기 소독하는 날, 택배 올 시간도 아닌데 도대체 누가 찾아온 것일까?

"누구세요?"

대답이 없었다. 현관문을 열자 두 명의 여자가 서 있었다.

"절에서 왔습니다."

"엄니 찾아오셨나요? 외출하시고 안 계시는데 약속하고 오신 건가요?"

"아, 외출하셨구나. 그럼 물 한 잔 마시고 갈 수 있을까요?"

"네 들어오세요."

물 두 잔을 떠오자 물만 마시고 갈 줄 알았던 두 여자는 거실 바닥에 자리 잡고 앉아 집안을 이리저리 훑어보고 있었다. 그러더니 물은 마시지도 않고 두 여자의 말도 안 되는 연설이 시작되었다.

"집이 깨끗해서 좋은데 한 가지 문제점이 있네요,"

"무슨 말입니까?"

"집 안에 조상귀신이 살고 있어 우환이 끊이지를 않겠네요. 그래서 선생님 하시는 사업마다 망하시는 것이구요. 한 가지 방법이 있긴 한데요. 시간 되시면 저희랑 잠깐 같이 가실래요?"

"거기 뭐가 있는데요?"

"네, 저희 법당이 거기 있는데, 함께 가셔서 불공을 드리면 조상귀신을 쫓아낼 수 있어요."

"당신들이 다니는 절은 어느 부처님과 스님이 계시기에 귀신을 쫓아냅니까?"

"미륵 부처님이에요. 그리고 스님도 득도하신 분이라 조상귀신 정도는 금세 쫓아낼 수 있을 정도로 법력이 세십니다."

두 여자는 무언가 본인들의 뜻대로 잘되어 간다는 표정을 지으며 의기양양했다.

"혹시 어느 절에서 오셨나요? 돈암동 보현사 아닙니까? 저희 엄니 그 절에 다니시는데."

"아니에요. 저희 법당은 창동에 있어요."

한숨이 나왔다. 엄니가 다니는 절에서 약속하고 오신 분인 줄 알고 내심 내키지는 않았지만 물 공양을 했는데 말이다. 하물며 말로만 듣던 사이비 불교 맹신자 만나다니 화가 머리끝까지 치솟았다.

"이쯤 되니 한 말씀 드려야겠네요. 상식적으로 조상귀신이면 후손을 잘 돌봐주지 해코지를 합니까? 그리고 내가 하는 사업이 족족 망했다고요? 난 한 번도 사업을 해본 적도 없고요. 마지막으로 빡빡 민 제 머리 스타일 보세요. 제 직업이 무엇일 거 같아요…."

30분 정도 불교의 교리와 지인인 무속인에게서 들은 이야기를 내가 깨우치고, 미래를 볼 줄 아는 이야기를 장황하게 늘어놓자 두 여자의 낯빛이 변하더니 이내 고개를 숙였다.

"물값 안 받을 테니 그냥 조용히 갈래요? 아님 맞고 갈래요? 아님 경찰 부를까요?"

두 여자는 잽싸게 가방을 들고 일어서더니 죄송하다는 말을 남기고 눈에서 사라졌다. 부엌으로 가서 소금 한 줌 들고나와 현관문을 열고 뿌리며 한마디 했다.

"에라이, 귀신만도 못한 것들."

싱크대에서 컵을 씻는데 웃음이 나왔다. 몇 달 동안 집안에서 일어난 일과 평생 신경 쓰지도, 알려고 하지 않은 생소한 것들의 경험 때문이었다.

1. 쓰레기 분리수거 날

2. 도시가스 검침 날

3. 집 안 소독 날

4. 관리비 은행에 직접 납부하는 날

5. 음식 쓰레기 분리하는 법

6. 동네 아이들의 어린이집과 유치원에 가는 시간

7. 정수기 소독하는 날

8. 택배 오는 시간

9. 빨래와 청소하는 시간

10. 곁눈질로 투정만 하던 음식 만드는 법

11. 엄니의 건강 상태

12. 엄니의 진정한 식성과 좋아하는 것들….


그랬다. 회사든 집이든 일은 넘쳐나고, 회사 상사든 사이비 종교 신자든 사람 만나는 일은 힘들다는 것을 알았다. 뜻밖의 인물들이 평온한 시간을 깨고 갔지만 한 가지 배웠다. 장소를 떠나 사람이 제일 힘들고, 제일 좋다는 것. 평생 이 일을 해온 엄니의 고된 일과들을 조금씩 알아가고 있다.

앞으로 한 시간 뒤 엘리베이터 점검과 단지 내 나무들을 소독할 것이다. 두 시간 뒤엔 작은누나가 우리 집을 배송지로 정한 택배 3개가 시간 단위로 배달되어 올 것이며 5시 30분쯤 동네 마트 배달원이 방문할 것이다. 그리고 오늘 직업 하나가 늘었다. 결혼 못한 늙은 백수 아들, 경비원, 집사와 더불어 오늘은 퇴마사가 되었다.

삶에 있어 사소한 것은 없다.
그동안 나만 몰랐던 스마트한 일상이었을 뿐!

# 눈물의 일상학

아침, 동네 벤치에서 담배를 피웠다
직장인들이 출근을 했다

점심, 동네 마트에서 아이스크림을 먹었다
아주머니들이 장 보러 나왔다

저녁, 동네 치킨집에서 번데기에 소주를 마셨다
가족들이 삼삼오오 모여들었다

이렇게라도 주목받는 삶이구나
그러려니!

연일 언론에서는 가뭄에 대한 기사를 쏟아냈다. 어느 지역에서는 모내기는커녕 마실 물도 없어 급수차로 식수를 실어 날랐다고 했다. 바닥을 드러낸 하천과 저수지를 모습은 한편의 그로데스크한 그림을 보는 듯했다. 생각해 보니 올해는 너무 비가 내리지 않았다. 예년 같은 장마가 와도 벌써 오고 남았을 텐데 하늘은 마냥 푸르름을 뽐내었다. 경비 아저씨들이 연신 아파트 내 나무에 물을 주고 있지만 확연히 예년과 나무들의 모습이 달랐다.

아침 운동을 나가려고 하는데 하늘이 먹구름이 잔뜩 끼어 있었다. 설마 비가 올까 하는 마음으로 그냥 집을 나섰다. 평소에 걷는 거리의 중간쯤 갔을 때 얼굴에 한두 방울씩 빗방울이 떨어졌다. 또 짤끔 뿌리고 말겠지 하는 마음에 계속 걸어가려는 순간 평소와 다른 우이천의 모습이 눈에 들어왔다. 매일 같은 시간에 평행봉을 하시는 분, 파도타기를 하시는 분, 자전거를 타시는 분, 스트레칭을 하시는 어르신들이 한 명도 보이지 않았다. 오로지 걷는 사람은 나 한 명뿐. 직감적으로 비가 오겠구나 하는 생각이 스치고 지나갔다.

빠른 걸음으로 되돌아갔다. 빗발이 점점 거세지더니 천둥 번개까지 쳤다. 아직 집까지는 10분 정도 더 걸어가야 하는데 난감했다. 편의점 앞을 지나가는데 어르신 한 분이 파라솔 밑에 앉아 이른 아침부터 소주를 마시고 있었다. 순간 눈이 마주쳤는데 어르신이 이리로 들어오라며 손짓을 하셨다.

"젊은이 비 오니까 좋지?"

"네, 시원해서 좋은데, 집에 있을 때 왔으면 더 좋았을 뻔했어요."

"다 주어진 환경에 맞춰 살아가는 거지. 한잔할 텐가?"

"아 네, 주세요. 비 오는 날 술맛 좋지요. 근데 이제 7시가 조금 넘었는데 아침부터 소주를 드세요?"

"비가 오니까. 가슴이 뻥 뚫리는 것 같아 축하주 한 잔하려 나왔지. 이런 날에는 이렇게 살고, 저런 날에는 또 거기에 맞춰 사는 게 인생 아닌가? 저기 뒤틀어지고 굴곡진 소나무 한 그루 보이지? 저게 바로 인생이야. 그 순간순간을 이겨내며 살아낸 흔적이지. 왜 비 오는 날 혼자 술 먹는 내 모습이 이상한가?"

"아닙니다. 저도 혼자 술 마시는데요."

어른신과 난 이런저런 이야기를 나누며 소주 3병을 마셨다.

"비도 빗발도 좀 약해졌으니 각자 집으로 가서 한 잔씩 더하며 즐기세. 오늘 함께 비맞이 해줘 고마웠네."


그랬다. 내가 마흔이 넘어서도 흔들흔들, 우왕좌왕하는 것도 어찌 보면 살아남기 위한 최후의 발악일지도 모른다. 나름 오랜 기간 대쪽같이 직장생활을 하다가 죽을 것 같아 이 생활을 선택해 놓고 다시 괴로워하고 있지 않은가? 아침에 동네 벤치에 앉아 담배를 피우며 출근하는 직장인들을 보고, 한낮에 아이스크림을 먹을 수 있는 여유와 머리 쓰지 않고 술을 마실 수 있었던 적이 없지 않았나. 그러고 보니 난 혼자 있는 법을 너무 몰랐다. 혼자서는 아름다울 수 없다고 생각하는 것일까? 아니 집단으로부터 도태되는 것을 두려워했을 것이다.

'그래, 저절로 삶이 살아지는 시기가 있고, 지금처럼 또 다른 방법으로 살아내야 하는 시기가 있는 것. 어르신의 말씀처럼 저 소나무는 한자리에서 오랜 세월을 적응해가며 살아내고 있지 않은가. 하물며 나는 움직일 수 있는 두 다리가 있지 않은가. 사람들의 시선이 무슨 대수인가. 현재 내가 인생을 살아내는 방식인데 말이다. 비를 쫄딱 맞고 집으로 돌아오자 엄니가 한마디 했다.

"비 맞은 건 그렇다 치고 아침부터 어디서 술을 마신겨?"

"술은 무슨, 시원한 비 한잔 마시고 왔지!"

〈솔아 솔아 푸른 솔아〉 노래를 틀어놓고 한잔하면서 되뇌었다.


혼자는 아름다울 수 없을까?
추운 겨울, 군락을 이루다가 혼자 떨어져도
아름다움을 더하는 동백꽃을 보라.
"우린 혼자 있는 법을 너무 모른다."

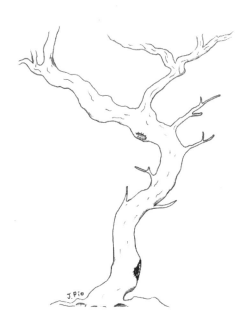

잘 견뎌왔네...

# 나는 생각을 행동으로 옮겼을 뿐이다

어느 각도에서 보느냐에 따라
행복과 불행이 결정된다
하품으로 하루를 시작해 한숨을 마무리 짓는 나날들
마음을 비운다는 것도 욕심처럼 느껴지고
달리 보면 답이 보일까?

달라야 달라진다!

운동을 할까? 다이어트를 할까? 책을 읽을까? 친구를 만날까? 그냥 결혼해 버릴까? 살면서 물음표가 점점 많아지는 삶을 사는 것 같다. 한마디로 '할까?'와 '했다!'의 중간에서 우왕좌왕 경우가 많아졌다. 또한 이런 생활을 반복적으로 하다 보니 부정적인 시선으로 사물을 보고 사람을 대하게 되는 것 같았다.

어느 날, 친구의 사진을 보다가 사진 속 상황을 물어보니 내 예상과는 전혀 다른 상황이었다.

"엄마의 실수로 저 아이가 화상을 입었어. 엄마는 상처를 볼 때마다 가슴이 찢어질 정도로 아팠대. 저 사진 속 아이와 엄마는 정말 행복해 보이지? 정말 한동안은 불 주위와 뜨거운 것 옆에는 가지도 못했다고 하더라. 그런데 생각을 바꾸니 마음이 편안해졌대. 아이의 흉터를 볼 때마다 가슴은 아팠지만 아이의 상처가 나았다는 것에 감사하는 마음으로 바꾸었대."

친구의 이야기를 듣는 순간 뒤통수를 한 대 맞은 것 같았다. 삶을 바라보는 시선을 바꾼다는 것이 마음속 깊은 상처도 치유할 수 있다니 그날 그 이야기를 들은 후로 어떤 사건이 터지든 긍정적으로 생각하게 되었고 현재 내가 처한 상황도 좋은 쪽으로 받아들이게 되었다.


1. 백수 : 더 이상 밑으로 떨어질 곳이 없다. 위로 올라갈 일만 남았다는 증거.

2. 한숨 : 숨은 쉬는 것 보니 아직 살아 있다는 증거.

3. 죽음 : 누구나 죽으니까 세상은 공평하다는 증거.

4. 이별의 아픔 : 그래도 누군가 사랑했었다는 증거.

5. 눈물 : 아직은 감정이 메마르지 않았다는 증거.

6. 흉터 : 상처를 이겨냈다는 증거.

7. 배고픔 : 밥 한 알의 소중함을 알게 되었다는 증거.

8. 갈등 : 생각을 행동으로 옮길 수 있다는 증거.

9. 슬픔 : 기쁨을 안다는 증거.

10. 노총각, 노처녀 : 도덕적으로 자유롭게 이성을 만날 수 있
    는 조건을 갖추었다는 증거.

11. 그리움. : 아직도 마음속에 사랑이 남아 있다는 증거.

12. 외로움 : 내 삶의 주인공이 될 수 있다는 증거.


긍정적인 시선으로 볼 때 삶의 소중함을 느끼게 되는 것들이 많았다. 친구와 만났던 날 이후 내 삶은 많이 바뀌었다. 특히 갈등의 순간에서 말이다. 운동을 할까? 생각을 한 순간 운동을 시작했다. 배가 고프면 밥을 먹었고, 누군가 그리우면 전화해서 만났다. 안 해도 후회, 해도 후회면 일단 해보는 것이 낫지 않을까 싶다.


생각과 시선의 각도를 바꾸고
생각을 행동으로 옮겼을 때
우리의 삶을 바꿀 수 있지 않을까!

# 너는 빨치산이냐?

가끔 일어나는 뜻밖의 사건들이
삶의 윤활유가 되곤 한다
위기 속에서 피어나는 작은 희망의 씨앗
살아 있는 동안이 날마다 축제인 이유다

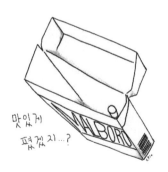

맛있게
펴겠지...?

경기도 버스를 타고 작업실이 있는 산 입구 버스정류장에서 내렸다. 여느 때처럼 이번 버스정류장에서 내리는 사람도 나 혼자였고 산 입구 쪽 건너편 버스정류장에도 사람 한 명 없었다. 이 마을엔 10여 가구가 살고 있지만 사람 구경하기가 로또에 당첨되는 것처럼 어렵다. 말이 경기도 남양주이지 지하철 4호선 당고개역에서 고개 정상을 정점으로 한쪽은 서울 상계동, 한쪽은 경기도 남양주인 곳임에도 불구하고 강원도 산골마을보다 더 오지스러웠다. 산속 작업실은 산 입구 버스정류장에서 가파른 경사 길을 500미터 정도 올라가야 다다를 수 있다. 이 동네엔 슈퍼마켓은 물론 어떤 편의시설이 없어 당고개역 인근에서 생필품을 구입에 가방에 넣어 메고 올라가야 했다. 오늘도 어김없이 도시락과 소주 한 병이 든 가방을 메고 아무도 없는 산길을 힘겹게 오르고 있을 때 사건이 발생했다. 갑자기 사람 발자국 소리가 뒤따라왔다. 슬리퍼 소리도 아니고, 구두 소리도 아니었으며 낯선 발자국 소리가 점점 빠르게 뒤쫓아 왔다. 버스에서 내릴 때 아무도 없었는데 갑자기 이 발자국 소리는 어디서 나타난 것일까. 애써 태연한 척하며 나도 발걸음의 속도를 높였다.

"저기요, 잠시만요…."

숨이 목구멍까지 찬 목소리가 들렸다. 내 앞과 옆엔 아무도 없었고, 분명 나를 부르는 게 분명했다. 뒤를 돌아보는 순간 내 몸은 냉동고 속의 닭처럼 굳어 버렸고, 없는 머리카락도 다시 자라 삐쭉 서는 느낌이었다. 순간 오만가지 생각이 스쳐 지나가더니 빠른 속도로 머릿속 뇌의 주름이 순식간에 사라졌다. 한마디로 아무 생각이 없었다.

그래, 그가 있었다. 185센티미터 정도의 키에 몸무게가 100킬로그램은 족히 넘을 건장한 사람이 내 앞에서 땀을 줄줄 흘리며 숨을 헐떡거리고 있었다. 색다른 점이 있다면 군복을 입고 얼굴에 검정 칠을 했으며 화룡점정으로 소총을 들고 있었다.

'탈영병? 무장공비? 이 아닌 밤중에 날벼락인가.'

"무슨 일이?"

말이 나오다가 멈춰져 버렸다. 얼굴을 똑바로 쳐다보지 못하고 힐끔힐끔 곁눈질로 그의 안색을 살폈다

"죄~ 죄송한데요. 담배 태우시는 분이시면 한 개비만 얻을 수 있을까요? 부탁드립니다."

그의 목소리를 듣는 순간 잔뜩 얼었던 몸이 녹아내리기 시작하더니 어설픈 웃음까지 나왔다.

"훈련 중인가? 담배 한 개비라~ 음, 고참이 시켰지?"

"네. 훈련 나왔습니다."

"너도 담배 피우지?"

"네."

"그럼 두 개비 달라고 해야지."

당고개역에서 새로 산 말보로 담배를 뜯어 두 개비를 주었다.

"맛나게 펴라."

"네. 정말 감사합니다, 감사합니다."

군발이는 연신 머리가 땅에 닿을 정도로 인사하고 숲속으로 사라졌다. 작업실에 와서 담배 한 대 피우며 조금 전 상황을 다시 생각해 보니 참 재밌고 살 떨려 입가에 미소가 지어졌다. 잠시 후 친구 어머니께서 작업실에 오셨기에 조금 전 상황을 이야기하니 한참을 웃으시다가 한마디 하셨다.

"예의 바른 군인이네. 자신도 담배를 피우면서 한 개비만 달라고 한 것 보니까."

지금은 웃으면서 이야기하지만 그 순간의 망설임과 느낌은 다시는 느끼고 싶지 않았다. 한마디로 십년감수 했으니까 말이다. 결과적으로 난 군발이에게 보시를 한 건지? 아님 삥 뜯긴 것인지? 군 면제자인 내 심장은 아직도 벌렁벌렁 뛰고 있었다.

오늘은 땀이 장마처럼 오는 날,
항상 순간의 '망설임'이 사람을 잡는구나!
다음엔 무조건 튀어!

# 너에게 말하지 못한 단 한 가지

100퍼센트의 절망만 있더라도
절대 포기하지 않는 사철나무 같은
엄니의 마음처럼

얼마 전, 대체 의학자 겸 자연치유가 한 분을 만났다. 한참 이
야기를 나누다가 반짝반짝 빛나는 내 머리를 힐끗힐끗 보더니
머리카락이 나는 특효약이 있다고 말했다. 머리카락이 팍팍 날
뿐만 아니라 스트레스 해소 및 머릿속까지 맑아진다고. 귀가 솔

깃했다. 귀가 걱정은 집어치우고 들뜬 마음에 소주를 마구 마셔댔다. 그 이후로는 아무런 기억이 없었다. 주말 오후. TV 드라마 〈도깨비〉를 보다가 문득 남자 주인공의 머리카락이 부러웠다. 아니 머리에 느껴지는 묵직함을 느끼고 싶었다. 문득 록커 머리 같은 긴 머리 가발을 산 후 야구 모자를 깊숙이 눌러 쓰고 술 한 잔해야겠다는 강한 의욕이 생겼다.

'이젠 별것이 다 부러워지는군!'

금 나와라 뚝딱, 은 나와라 뚝딱 하는 도깨비 방망이가 마음속에 생겼을 때 외출했던 엄니가 돌아왔다.

"뚝딱~~~ 팍팍팍~~~."

엄니는 절구를 들고 오더니 이름 모를 풀을 빻았다. 잠시 후 엄니의 목소리가 들렸다. 거실엔 여러 가지 재료들이 준비되어 있었다. 계란 노른자와 양배추 이파리, 정체를 알 수 없는 풀즙, 여자들이 샤워할 때 쓰는 머리띠 등등. 엄니는 막무가내로 내 머리에 머리띠를 두르고, 계란 노른자에 버무린 풀즙을 머리에 바른 후 양배추 이파리로 덮었다.

"뭐 하는 거야?"

"석 달만 참아야. 그럼 니도 장가갈 수 있어야!"


그랬다. 그날 대체의학자를 만나 나눈 머리카락 이야기를 만취했음에도 불구하고 집에 들어와 엄니에게 상세하게 설명했던 것이다. 순간 엄니는 미래의 희망을 보았을 테고, 동네 주말농장을 샅샅이 뒤져 그 식물을 찾아 뽑아온 것이다. 엄니가 자체 분석한 내가 장가를 못가는 이유는 두 가지, 무면허와 민머리였다. 그중 한 가지를 해결할 수 있는 절호의 기회라 여겼으리라.

30분 후, 샤워를 하고 나니 머리에서 광채가 났다. TV 만화에서 많이 본 캐릭터, 한마디로 반짝반짝 무 도사가 되어 있었다. 어느새 엄니는 내가 쓰던 양배추를 깨끗이 씻어 본인 머리에 쓰고 있었다. 배추 도사였다. 석 달 뒤 효과 없으면 대체의학자의 머리카락을 죄 뜯어놓을 것이다. 그래도 은근히 기대되는 건 무슨 이유일까?

조바심과 의심이 삶의 적이다.
사시사철 같은 엄니의 마음을 느끼는 주말 오후다.

# 따듯한 팜므파탈

"아야 술 쪼께 먹으면서 쉬엄쉬엄 글 쓰랑께?"
"그깟 돈 아무 필요 없어야."
"인생에서 몇 년 아무것도 아니여, 건강하믄 언제든 기회는 온당께."
"목구녕이 있으면 넘길 것도 생길 것이여!"
고개 숙이고 발등 또 보며
세상에서 가장 따듯한 마음을 먹는 밤이다!

전화벨 울리는 소리에 잠에서 깼다. 엄니는 아침부터 무슨 일
이 있기에 이리도 여러 통의 전화가 오는지 도무지 이해할 수가
없었다. 세수를 하고 나오니 외출복 차림으로 방에서 나온 말
순 씨는 밥 챙겨 먹으라는 말만 남기고 바람과 함께 사라졌다.

아! 내 신세여~ 작가, 출판 기획자, 대학 강사, 즉 회사에 매일 출근 안 하는 사람은 더 이상 사람이 아니었다. 그저 놀고먹는 한 마리 짐승일 뿐. 대충 차디찬 김치찌개에다가 밥에 물 말아 한 끼를 때운 후 방에 들어가 〈나는 자연인이다〉 재방송을 보는데 왠지 서글퍼졌다.

현관문 닫히는 소리가 들렸다. 엄니가 돌아왔다. 한동안 절구 찧는 소리가 들리는 걸 보니 부엌에서 무언가 일이 벌어지고 있는 게 분명했다. 담배를 피우려고 베란다로 나가는데 엄니가 뒤따라와 사발을 건네는 게 아닌가.

"뭔데?"

"쭉~ 마신 후 30분 동안은 물 마시지 말아."

사발엔 꼭 사극에서나 봄 직한 사약 같은 검은 물이 담겨 있었다.

'이참에 날 보내려고 하는구만! 그래 장렬히 떠나리라.'

더 물어봤자 대답해줄 것 같지도 않아 일단 마셨다. 아주 천하에 빌어먹을 맛이었다. 살면서 많은 약을 먹어 봤지만 이런 맛은 처음이었다.

"일단 마셨으니 이거 뭐야?"

"중풍 예방약이여."

몇 개월 전 너무나 건강하셨던 집안 어르신께서 뇌경색으로 쓰러지셔서 난리가 났었다. 80세인 어르신은 매일 등산을 다니시는 등 젊은 사람보다 더 건강하셨기에 충격이 컸다. 한마디로 집안에 비상이 걸렸다. 이 비상사태를 지켜보던 엄니가 수소문 끝에 어렵사리 약을 구해온 것이다. 이거 한 잔 먹으면 죽을 때까지 중풍 안 걸린다며 말이다. 한편으론 엄니가 내 건강을 염려할 정도 나이를 먹었나 싶은 생각에 마음이 착잡해졌지만 덕분에 늙어서 천장에 똥칠은 안 하겠구나 생각하니 조금이나마 위안이 되었다.

"정말? 글구 내가 이걸 왜 먹어. 본인이나 드시지."

"난 벌써 두 잔이나 마셨어야. 내가 쓰러져 니 고생시키면 큰일 아니여."

약을 먹고 나니 슬슬 졸음이 밀려왔다. 불안했다. 그런데 한 시간 정도 자고 일어나니 효과가 있는지 온몸이 개운해진 것 같았다.

그랬다. 아, 옛날이여! 어느새 중풍 예방약을 먹는 나이가 된

것이다. 하지만 어쩌랴, 천장에 똥칠 안 하려면 일단 먹고 봐야
지. 문득 그것도 마시는 거라고 한 잔 더 마셨으면 하는 생각이
드는 건 왜일까! 그래, 가늘고 길게라도 살자!

감동은 뜻밖의 순간 작은 것에서 소리 없이 다가오는 것일까?
상대방의 건강을 염려하는 마음이 담겨 있다면
쓰디쓴 사약일지라도 달게 느껴질 것 같다.
엄니의 마음 흙터는 자식을 위한 미래의 그림일 테니까!

# 딴짓의 재발견!

중국 송나라 성리학자 주돈의 한 문장이 생각납니다.
"향기는 멀수록 맑다."
영원히 마를 것 같지 않았던 샘물이라 생각했는데,
너무 가까운 사이이기 때문에 무심했던 것 같습니다.
늙은 아이인데 아직도 생명수가 필요한 어린아이인가 봅니다.

"거지꼴하고 다니지 좀 말고 옷 좀 제대로 입고 다녀라잉. 니가 이팔청춘이냐잉."

어제 김치를 담그던 엄니가 주말에도 작업실에 나가는 피곤한 내 뒤통수에 대고 한마디 했다.

일요일 아침. 피곤해 죽겠는데 아침부터 큰누나의 전화가 빗발쳤다.

"너 소개팅 한다며 백화점 가자."

"싫어."

"너 예전엔 그리 옷 사달라고 조르더니 왜 변한 거니?"

그랬다. 몸과 마음이 지쳐 옷 사러 백화점에 가는 것도 귀찮았지만 주말 낮에 큰누나와 백화점에 함께 가는 게 더 짜증이 났다. 부부가 백화점에, 마트에 왔구나 하는 당연한 타인의 시선이 싫었다. 난 찬란한 솔로이고 싶었다.

아~악! 다섯 살 위인 큰누나는 내가 스무 살이 되었을 때부터 함께 외출하면 연인으로 오해를 받지 않았던가. 한 번 결혼했다가 돌아왔으면 이해할 수도 있지만 한 여인을 위한 사나이 순정을 간직하고 있는 내가 아닌가. 그래도 작업실보다 더 가기 싫은 백화점에 갔다. 예쁘게, 멋있게 꾸며도 누구도 쳐다보지를 않는 나이대가 아닌가. 또한 백화점에 안 가면 엄니의 마음에 기스가 날 테니까!

시작보다 끝이 좋아야 좋은 인연이다.
그전에 자기 자신에게 친절해야 한다.
그것이 사랑의 첫 번째 필수 요건이다.

# 사랑은 중독을 낳는다

너에게 난, 나에게 넌!
참 말할 수 없는 마음이 있습니다.
너에게 난, 난 너에게
중독이 되어 있으니까요!

 

 

사진작가 유별남 집에 놀러 갔다. 유 작가 아버님의 작업실에서 여러 골동품을 구경하다가 한 물건이 눈에 쏙 들어왔다. 목탁이었다. 머리를 민 내가 목탁을 치자 지인이 재미있었는지 사진을 찍었다. 참 머쓱했지만 함께 낄낄대며 웃었다.

우린 작업실에서 나와 100미터만 올라가면 선승들이 머무는 흥국사로 갔다. 내 어찌 산신각을 그냥 지나치랴. 한 가지 특히 한 건 그 절엔 약사전이 있었는데, 문 높이가 상당히 낮았다. 아마도 조선시대 사람들의 키에 맞춰 만들었기 때문일 것이다. 사건은 사람의 건강을 돌봐 주는 약사전에서 일어났다. 문 높이를 생각해 고개를 숙이고 들어가 아무 탈이 없었지만 나올 때 깜박하고 그만 문틀에 머리를 찧고 말았다. "톡." 그 소리였다. 목탁 소리와 똑같은 소리가 났다. 머리 목탁이 울린 것이다!

유별남 작가 집에서 얼큰하게 술을 마시고 집으로 돌아와 밥 먹고 있는데, 엄니가 한마디 했다.

"어따 머리를 처박아 이렇게 시퍼렇게 멍이 들었냐잉. 오매 피까지 났어야. 그나마 얼굴이 예쁘니 혹이 나도 괜찮구만!"

그 말을 듣는 순간 술김에 모르고 있던 통증이 밀려왔다. 혹 엄니의 궤변에 충격을 받은 건 아닐까? 이틀이 지났지만 아직도 머리통이 욱신거렸다. 아침마다 상처 난 머리통에 연고를 질펀하게 바르고 입김을 후 불며 놀리는 엄니.

그랬다. 개도 자기 새끼는 예쁘다고 하지 않던가? 엄니는 내가 대학 시절에 얼굴을 심하게 다쳤을 때도 똑같은 발언을 해 친구들 사이에서 한참을 놀림감이 된 적이 있었다.

'20여 년의 세월의 흐른 지금도 엄니에게 여전히 예쁜 아이

구나.'

역시 머리는 생각하라고 있는 것이지 다른 용도로 쓰면 안 되는 거구나! 상처 난 머리 목탁은 언제쯤 아물는지…. 그래, 내가 단 한 사람에게라도 예쁜 존재라는 생각에 기분이 좋아 졌다.

몸에 난 상처야 세월이 흐르면 낫는다.
하지만 자식의 몸에 난 흉터는 평생 부모의 마음에 남는다.

# 때론, 내 인생을 달여라

'분노가 치밀어 올라 넘쳐도
삶이 부끄럽지 않다면
난 그 세상을 얼마나 아름답게 볼까?'

김치수제비 한 술갈 뜨며
심한 자괴심과 싸우는 밤이다!

    술은 못 마시지만 술을 너무나 좋아하셨던 할아버지와 할머니 때문에 동동주를 기가 막히게 잘 담그는 엄니. 내가 술 마시는 걸 세상에서 가장 싫어하지만 오늘은 무슨 일인지 자발적으로 술상을 차려주었다. 여하튼 나에겐 축복받은 날이지만 도대체 엄니에겐 무슨 날일까?

"머리 검은 짐승은 거두지 말고, 장사치와는 함께 일하지 말라고 내가 말했냐 안 했냐잉?"일 뼈 빠지게 해주고 친한 동생 잃고, 돈 잃고, 세월 잃고, 사람에 대한 믿음을 잃었다. 상실감과 자괴감에 목숨 끊는다는 말이 뼈저리게 느껴지는 요즘이었다."니 속이 오죽 허것냐. 한 잔 혀."

고개를 들 수 없었다. 술잔에 비가 내렸다.


그랬다. 난 아직 엄니 손바닥 안의 늙은 꼬마일 뿐! 결혼 후 50년, 엄니의 속은 얼마나 까맣게 탔을까? 내가 슬퍼하면 그날은 엄니에게 가장 슬픈 날! 소주꽃에 물주는 날이었다.

인생을 반 이상 살아보니 부모 말 틀린 것 하나 없었다. 이젠 가끔 시대에 안 맞는 말씀을 해도 일단 수긍한 후 곰곰이 되돌아본다. 예나 지금이나 사람 사는 이치는 똑같으니까 말이다. 이젠 사람을 믿지 않는다. 그냥 보고 만날 뿐이다.


70여 년 인생을 달여서 건넨 마음!
당신과 같은 기억을 가지고 있어 행복하다.
하물며 당신의 마음을 가진 어찌 행복하지 않을까?

# 내게 사랑은 겁나게 써

조바심과 의심이 고통의 시작이다
봄, 여름, 가을, 겨울이 자연스럽게 오듯이
기다리면 그대로의 모습으로 돌아올 것이다

간절한 마음으로 기다리자!

 

 

 

고딩 시절 교과서에서 읽은 하근찬의 《수난이대》가 떠오르는 건 왜일까? 한 가지 고민이 생겼다. 꼬리뼈 부근에 주먹만한 종기가 며칠째 내 몸을 너무 사랑하고 있었기 때문이다. 그런데 피부과에 가야 할까? 항문외과에 가야 할까? 누구한테 물어볼 수도 없고, 그나마 네이버 지식in을 보니 나와 같은 고민을 한 사람이 여럿 있었는지 댓글을 보니 피부과에 가라는 의견이 조금 더 많았다. 그래 밑져야 본전 아닌가. 피부과 병원에 들어서는 순간 왠지 들어오지 말아야 할 곳에 몰래 기어들어온 느낌이 들었다. 좀 전에 오픈을 해서인지 여자 간호사들, 젊은 여의사들이 로비에서 커피를 마시고 있었고, 손님으로 보이는 젊은 여자 세 명과 일시에 눈이 마주쳤다.

여의사는 진료실에 들어서자마자 내 얼굴과 몸을 위아래로 훑어보더니 고개를 갸우뚱하며 어느 부위에 이상이 있냐고 묻기에 엉덩이라고 대답했다. 순간 당황해하는 여의사의 표정을 읽을 수 있지만 어쩌랴. 여의사와 간호사 두 명, 함께 옆방으로 이동했다. 침대 하나와 간단한 수술 집기가 놓인 방이었다.

"바지 내리고 침대 위에 엎드리세요?"

'이런! 아침부터 뭔 짓인가.'

순간 〈그녀는 누구랑 잤을까〉라는 영화의 한 장면이 생각나 기분이 꾸리꾸리해졌다.

"엉덩이 어디에 종기가 났죠?"

잠시 살피더니 엉덩이를 살피던 의사가 말했다.

"꼬리뼈 아래 접힌 곳 안쪽이요."

이슬비보다 가는 목소리로 얼버무렸다. 정말 자세하게 설명하기가 좀 그랬다. 정말 000 근처였기 때문이었다. 의사도 당황했는지 잠시 멈칫하다가 장갑을 끼고 상처 부위를 만져 보더니 한 마디 했다.

"쨀 필요 없이 항생제 맞고 약만 먹으면 되겠네요."

천만다행이었다. 항생제 주사를 맞았다. 순간 고등학교 다닐 때 수학 선생님에게 대걸레로 맞을 때의 묵직함 느낌이 전해져 왔다. 하지만 소독을 마친 의사의 한마디에 다시 좌절할 수밖에 없었다.

"그냥 엉덩이 째지요."

'헉~ 그럼 항생제는 왜 놓은 건가?'

그 후 바늘로 마구 찌르고 마구 누르며 짜내더니 다시 한마디 내뱉었다.

"아, 마취제를 안 놓았네."

다음 환자들이 전부 여자였기에 소리를 지를 수도 없었고, 산 모처럼 옷소매를 꽉 깨물며 참았다. 그때 여의사의 밝은 목소리 가 더 비참하게 만들었다.

"주먹만 하던 게 다 없어졌어요, 시원하시죠?"


혼자 오뎅바에 살짝 걸터앉아 소주를 마셨다. 도저히 치욕감 을 참을 수 없었다. 밤 11시. 현관문을 열고 들어서는 내 발걸음 을 보던 엄니가 한마디 했다.

"왜 그러는겨?"

"여자들에게 당했어! 그것도 세 명에게."

순간 엄니의 얼굴에 화색이 돌았다.

"술 한 잔 더 줄까?"

'아아, 또 넘겨짚고 있군!'

엄니의 말에 대꾸도 하지 않고 곧장 방으로 들어가 침대에 조심스럽게 몸을 던졌다. 잠이 오지 않았다. 엎드려 자려니 속이 거북하기도 했지만 내일 닥쳐올 일을 생각하니 정신이 점점 말똥말똥해졌다. 여의사가 남긴 마지막 한마디 때문이었다.

"한 3일 정도 소독하러 오세요."


그랬다. 사나이에게도 숨기고 싶은 비밀이 있다. 오늘만큼은 여자가 싫었다. 꼬리뼈에 난 상처의 고름은 짜냈지만 내 마음속은 슈크림 빵이 되었다. 나에게도 아내가 있었으면 얼마나 좋을까! 바늘로 꼭 찔러 손으로 쥐어짜면 그뿐!


고통이 있는 삶을 살아간다는 건
참 아슬아슬하게 아름답다는 생각이 들었다.

# 지금 난 액션 가면이 필요하다

"얼굴 하나야
손바닥 둘로
폭 가리지만

보고픈 마음
호수만하니
눈 감을밖에"

딱 내 마음
숨기고 싶은 내 마음!

정지용 시인의 시 《호수》가 생각나는 하루였다. 인생의 최대 수치감을 안겨주었던 피부과 사건이 채 두 달이 지나지 않았건만 종기가 재발했다. 모든 모욕감을 참고 마루타 정신을 발휘했으면 완치라도 해놓아야 하는 것이 인지상정일 터인데 말이다.

그날의 수치심을 도저히 참을 수 없어 이번엔 피부과가 아니라 항문외과로 갔다. 결론부터 말하자면 정말 죽고 싶었다. 마취 후 아픔도 있었지만 정신적인 아픔이랄까? 이번엔 남자 의사였지만 하는 일도 없는 여자 간호사가 세 명이나 들어왔다. 앞으로 다가올 재앙의 전초전에 불과했다.

"다리 벌리고 앞으로 누우세요."

귀를 의심했다.

"앞으로요?"

잠시 후 양쪽 다리를 벌려 지지대에 묶었다. 드라마에서 보던 임신부 출산 자세였고, 나는 아무 말도 못하고 시선을 벽 쪽으로 돌릴 뿐이었다. 간호사들과 어찌 눈을 마주치랴.

"다시는 재발하지 않게 확실히 후벼 파 주세요."

"3일간 소독하러 오세요. 상처 부위도 체크해야 하니까요."

아무 대답도 하지 않았고, 병원비를 지불할 때도 직원의 시선을 애써 피했다.

"어자들이 내 몸 다 봤어."

엄니에게 전화해 한마디 했다.

"여자는 소중한 것이여. 그냥 받아들여야!"


그랬다. 병원에서 나와 편의점으로 곧장 들어갔다. 1년 동안 끊었던 담배와 라이터를 샀다. 내 이번 경험으로 인해 확실히 말할 수 있으리라. 인터넷 지식인에게 에게 묻지 말고 내 말 들으시길. 피부과 가지마(여의사, 아픈 부분이 하체라고 하니 순간 당황한다). 항문 외과 가지마(특히 엉덩이라고 항문외과에 갔다간 개피작살. 치료비도 두 배 나옴). 결론은 그냥 정형외과 가든지, 살로 만들든지 집에서 가족한테 째달라고 하는 게 최고! 젠장 나는 내일 또 애 낳으러 갈 것이다. 엄니의 말처럼 말이다.

가끔 꽃들에게 마음을 데일 때도 있는 게 인생이구나!
딱 내 마음.

# 불행과 행복 모두 축복이다

세상에서 제일 큰 건 눈이다
그 안에 산이 있고 강이 있고, 바다가 있다
하지만 그보다 더 큰 건 서로를 위하는 마음이다


추석, 혼자 차례 음식을 장만하고 있는 엄니는 쓰러지기 일보 직전의 몸 상태였다. 최후의 방법을 쓸 수밖에! 난 저질 체력의 소유자였지만 엄니와 한 배를 탄 동반자가 아닌가. 죽어도 같이 죽고 살아도 같이 살아야 하지 않겠는가. 혼자 병풍을 펴고, 상을 펴고, 제기에 음식을 담고, 차례상에 음식을 올리고, 술잔에 술을 따르고, 올리고, 내리고, 열댓 번 절을 하면서 조상님들께 마음속으로 빌었다.

'할아버지, 할머니, 아버지 잿밥 오래 드시려면 엄니 건강히 오래 살게 해주세요!'

"아버님, 어머님, 그리고 정원 아버지, 잿밥 오래 드시려면 울 아들 장가 좀 보내주세요!"

절을 하며 혼잣말로 읊어대는 엄니의 목소리가 들렸다.

'동상이몽! 하지만 마음은 똑같구나!' 차례가 끝난 후 도착한 친척들은 식사를 마치자마자 집으로 돌아갔다. 하지만 우리에겐 할 일이 남아 있었다. 난 차례상의 음식들을 그릇에 담아 냉장고에 넣었고, 엄니는 설거지를 했다. 다시 제기를 마른 천으로 닦은 후 상자에 담아 병풍과 함께 뒤 베란다에 가져다놓고 엄니는 거실 바닥을 손걸레로 닦았다.

"언능 허리에 파스 붙이고 한숨 자자."

그랬다. 문득 마크 로렌스의 말이 떠올랐다.

"즐거움과 불편함이 하나 되어야 완전한 행복이 될 수 있다."

그래, 조금만 달리 생각해 보면 인생의 행복과 불행 모두 축복이다.

# 세상에서 가장 무서운 바바리부대

양귀비꽃처럼 주목받고 싶은 바람과
낙엽처럼 쓸쓸히 잊히는 두려움
그 경계, 인생이 있다

세상에 둘도 없는 오늘이라 생각하니
나와 함께한 모든 순간들을 고마워진다

두 손을 깍지 끼어 본다

평소 좋아하던 노래가 흘러나왔다. 〈가을 편지〉. 가을이 온 지도 못 느끼다가 10월 말이 되어 노래 한 곡을 듣고 알아차리다니 참 미련 곰탱이가 따로 없다고 생각하다가 어제 저녁 엄니의 투박한 한마디가 떠올랐다.

"니가 곰 새끼여 겨울잠 자게. 제발 바깥 공기라도 좀 쐬고 오랑께."

"됐어. 피곤해."

"뭔 놈의 집구석에만 박혀 있는디 피곤해야. 내일은 꼭 나가야."

며칠째 똑같은 대화를 하다 보니 민망했다. 꼭 일이 있어야 나갈까? 가을을 만끽 할 수 있는 곳을 곰곰 생각하다가 며칠 전 뉴스에서 본 간송미술관 전시에 가기로 마음먹었다. 주말도 아니고 평일이니 여유 있게 볼 수 있을 것 같았다.

간송 미술관 가는 길, 어릴 적 다녔던 중고등학교 앞을 지나가는데 기분이 이상했다. 이렇게 여유로운 마음으로 모교 앞을 걷는다고 생각하니 세월이 흐른 것도 때론 좋을 때가 있구나 싶었다. 그 시절 무지막지하게 몽둥이를 휘두르던 선생들도 이젠 은퇴했거나 꼰대들이 되었겠지. 피식 웃음이 나왔다.

간송 미술관 쪽을 바라보니 베이지색 옷을 입은 많은 사람들이 길게 늘어 서 있었다. 집회가 있는 걸까? 아니지 이 한적한 주택가에 무슨 이슈가 있다고. 100터 정도 길게 늘어선 줄을 따라가 보니 입이 떡 벌어졌다. 이게 무슨 난리인가. 다름 아닌 간송미술관에 입장하려는 줄이었다. 한 가지 더 경악을 금하지 못한 건 남자라곤 눈 씻고 찾아봐도 나 한 명뿐, 대부분이 베이지색 바바리코트에 스카프를 목에 두른 40~50대 아줌마들이라는 것이었다. 판단 미스였다. 주말 뉴스를 보니 인터뷰하는 관객들이 연인들이었다. 그렇다면 답이 나왔다. 남편 직장에 출근시키고, 연인들은 회사나 학교에 있을 평일 낮 시간은 누구의 몫이겠는가? 마치 제2차 세계대전 유럽을 점령했던 독일군을 보는 듯했다.

맨 끝에 줄을 섰다. 삼삼오오 짝을 맞춰 온 바바리부대 대원들이 나를 힐끔거리더니 수군수군 대었고. 금세 내 뒤로 1개 소대쯤 되는 또 다른 점령군 바바리부대 대원들이 모여들었다. 30분 정도 지났지만 관람객 줄은 좀체 줄지 않았다. 난 패잔병처럼 근처 길상사로 몸을 피하기로 마음먹었다. 추남(秋男), 즉 가을 남자가 되려다가 추한 남자(醜男)가 되었다.

길상사로 가는 발걸음도, 마음도 한없이 무거웠다. 절 입구에 붉게 물든 단풍나무가 보였다. 왠지 단풍이 아름답게 보이기보다는 꼭 충혈된 내 눈동자와 상처 입은 마음처럼 보였다. 역시나 간송미술관보다는 사람들이 적었지만 이곳도 승복을 입은 스님들과 보살 옷을 여신도들 그리고 바바리부대원들이 점령군처럼 모여 있었다. 하는 수 없이 절 맨 위로 올라가니 그나마 사람들이 적었다.

　나무 밑 그늘, 통나무 의자에 앉아 물 한 모금을 마시고 바람을 쐬니 정신이 좀 돌아오는 것 같았다. 곰곰 생각해 보니 헛웃음만 나왔다. 기자, 출판사 편집장, 칼럼니스트, 작가, 대학 강사, 단역배우, 시나리오 작가 등 세월이 지날수록 타이틀은 점점 늘어났지만 어느 하나 제대로 한 것이 없지 않은가. 한 시인과 술 마시다가 나눈 대화 속 주인공이 지금 딱 나였다.

　"작가는 부지런해야 돼요. 그렇지 않으면 무엇과 다름없는지 알아요?"

　"음~~~ 백수? 아니다 놈팽이가 맞겠네요!"

　"어, 알고 있었네요."

　그랬다. 말이 작가이지 백수와 다름없는 생활. 매일 집에 처박혀 있는 모습이 얼마나 안타까웠으면 바깥바람이라도 쐬라고 매일 불경 외듯이 했을까. 내 인생의 주인도, 점령군도 못되어 본 나. 한마디로 난 놈팽이였다.

주목받는 삶, 잊히는 삶 사이에서
어느 한쪽으로 기울어질까 두려워한 것을 아닐까?
이불 속과 신발 속
그리움과 외로움 속에서 아무 생각 없이
짧은 인생을 허비하고 있는 건 아닐까?

'오늘까지만 불효자는 놉니다!'

# 간신히, 간절함의 사이

사소한 것에도 고마워하는 마음은 어디에서 오는 것일까?
함께하는 사람이 있기 때문일까요?
함께여서 슬픔도 행복으로 바꿀 수 있다

이른 아침, 간밤에 마신 술로 인해 머리가 아팠다. 담배 한 대 입에 물고 멍하니 베란다 밖을 바라보고 있는데, 푸른 하늘을 자유롭게 날아가는 한 마리 새를 보았다. 자유롭게 살기 위해 회사 생활을 관둔 지 한 달이 되었지만 집 안에 갇힌 한 마리

식충과 다를 바가 없었다. 의무를 포기한 권리는 방종인 것일까? 그때 밥 먹으라는 우렁찬 목소리가 들렸다. 하지만 시원한 국 대신 내 신세처럼 바짝 졸아붙은 김치찌개가 놓여 있었다. 이건 자유인을 탄압하는 하는 것이었다. 내 보기엔 절집 스님들의 밥상도 이보다 나을 성싶었다. 밥을 두 수저 뜨다가 문득 떠나야겠다는 생각이 떠올라 예전에 편집한 책 제목처럼 나는 생각을 행동을 옮겼다. 무작정 조그만 배낭에 긴 바지, 반바지. 티셔츠 3장 등을 대충 쑤셔 넣고 현관문으로 향했다.

"시방 밥 먹다 말고 어디 가냐잉."

"이런 푸대접 받고는 못 살아. 스님 밥상에도 국이나 오이냉채는 있겠어. 머리도 깎을 필요도 없으니 옷만 갈아입고 곧장 출가할 거야."

"등산 가면서 생색은?"

엄니의 대답은 내 마음을 꿰뚫고 있다는 듯 태연했다.


그랬다. 배낭에 옷을 쑤셔 넣은 건 오버 액션이었다. 실은 북한산 도선사까지만 올라간 후 김밥에 사이다 먹으며 책을 읽다가 술 이빠이 마시고 들어와 한판 붙으려고 했다. 하지만 엄니의 여유 있는 한마디에 오기가 발동했던 것이다. 뽑은 칼을 다시 집어넣을 수도 없고 무작정 용산역으로 갔다. 막상 기차표를 사는 곳 앞에서 출발시간표를 보았지만 남는 건 시간뿐 갈 곳이 없었다.

"여수요?"

한참 생각한 끝에 친한 동생이 있는 여수로 가서 3일만 있을 생각으로 기차표를 끊었다. 여수에서 이틀을 보냈다. 후배도 직장을 관둔 상태라 시간이 남아도는 건 매한가지였다. 배를 타고 금오도로 가 비렁길을 이틀 동안 걸었고, 다시 순천 선암사로 가서 하루 묵고 다음 날 천년 불심을 걸어 송광사로 갔다. 다시 남해 금산 보리암에서 하루 묵고 남해고속터미널에 대합실에 앉아 고민을 했다. 서울로 갈 것인가? 하지만 집으로 돌아갈 명분도, 기회도 없었다. 일주일이 지났건만 엄니로부터 한 통의 전화도 없었고, 나도 전화를 하지 않았다.

대합실 의자에 앉아 지나온 일주일을 되돌아보았다. 오란 곳 없었고, 오지 말라는 곳도 없었으며 갈 곳도 없었고 가지 못할 곳도 없었다. 지갑엔 신용카드 한 장뿐이었지만 나에겐 많은 시간이 있었다. 마을버스, 지하철, KTX, 배, 고속버스, 시외버스, 시내버스, 택시, 자동차, 그리고 걸었다. 회사 생활처럼 무조건 앞만 보고 뒤는 돌아보지 않은 여정이었다. 다시 고속버스를 타고 서울로 갈까, 아님 부산으로 가서 제주도행 비행기를 탈까. 요즘처럼 오랜 시간 동안 집 밖에 나와서 지낸 적이 있었던가. 네 시간 후 난 제주 공항에 도착했다.

친한 지인 한 명 없는 제주도. 대학 졸업여행 이후 20년 만에 제주도에 간 것이다. 서울에서 몇 번 만난 지인이 소개해준 계란 후라이 게스트하우스로 향했다. 처음 접하는 낯선 게스트하우스 문화에 조금 당황했지만 낯선 사람을 만나 책 기획하고 인터뷰한 생활 때문인지 금세 그 문화 속으로 녹아들었다. 한 작은 제주도 전통집 지붕 아래 10대 후반에서 40대의 여행객이 어우러져 지냈다. 난 편집장도, 글 쓰던 사람도 아닌 한 명의 여행객이었다. 아무 생각 없이 그곳에서 세월을 보냈다. 여전히 엄니는 한 통의 전화도 하지 않았고, 나도 전화를 하지 않았다.

오후 10시, 초연한 사람처럼 천천히 현관 키 번호를 천천히 누르고 현관문을 집 안으로 들어갔다. 마치, 40일 만에 성자가 되어 돌아온 것처럼 말이다. 엄니는 평상시처럼 파자마 차림으로 나오더니 한마디 했다.

"이제야 가출했다가 들어오는구만."

"가출? 이번에 출가하려다가 불쌍해서 돌아온 거야."

그랬다. 집에 들어온 지 1분 만에 40일 동안 수련한 내 마음이 평정심을 잃었다. 가출이라니? 마음을 내려놓는 것, 비우는 것도 욕심이구나! 때론 변하지 않는 것도 좋을 수 있겠다는 생각이 들었다. 엄니도 40일 동안 날 믿어주었고, 나 또한 엄니를 믿었기에 집을 비울 수 있었던 것이다. 심지어 언제 어디서 무엇을 등등 묻지도, 따지지도 않고 부엌으로 갔다. 잠시 후 김치찌개 냄새 솔솔 풍겨왔다.

한 지붕 아래 변하지 않고 사람과 살 수 있다는 것 자체가 큰 복이다.
'간신히' 그리고 '간절함' 사이!

2장

뒤에 걸으면 보이는 것들

# 염치 한 마리에 소주 반병

술 한잔 마시고 들어와 엄니의 방문을 열고 한마디 했다
"엄니, 염치 한 마리에 소주 딱 한 잔만 하고 싶다."
"염치가 뭐시여? 그런 생선은 없어야."
"인생을 똑바로 살려면 꼭 먹어야 해."
"엉뚱하게 엄능 자야. 내가 너 땜시 징해서 못 살것어야."
"음 역시 귀한 거였군. 내가 염치가 없소."


"염치 있게 살자."

제가 평생 지키며 살겠다고 가슴에 새긴 문구입니다. 몇 년 전, 한 대학교의 교수님을 뵈러 간 적이 있습니다. 두 번째 책 출간을 부탁드리러 갔지만 첫 번째 책이 언론의 큰 호평을 받았고

독자들의 반응도 좋아 메이저 출판사들이 벌써 접촉했으리라 생각했기에 반신반의하며 찾아뵈었습니다. 연구실 문이 열려 있어 곧장 들어갔습니다. 책장 배치가 도서관의 미로처럼 되어 있어 교수님이 보이지 않았습니다. 직업상 수십 명이 넘는 교수님의 연구실에 가보았지만 이런 구조는 처음 보았습니다. 사람 들어오는 줄도 모르고 책상에 스탠드 하나만 켜놓고 원고 작업을 하고 계신 교수님의 뒷모습을 보았습니다. 잠시 뒷모습을 보다가 교수님께 인사를 드렸습니다. 그제야 저를 본 교수님께서 반갑게 맞아주시더니 이내 함께 식사나 하자고 제안하셨습니다. 외출 준비는 스탠드만 끄자 완료되었습니다.

'00 돼지갈비.' 원체 가난한 집안에서 태어난 교수님께서는 매번 만날 때마다 돼지갈비 집으로 절 데려가셨습니다. 왜 만날 돼지갈비집이냐고 여쭤보니 세상에서 돼지갈비가 제일 맛있는 음식이라고 말씀하셨습니다. 특히 노을이 질 무렵에 좋은 사람과 먹는 갈비가 제일 맛있다고 말입니다. 노을이 물들면 왠지 슬퍼지지만 좋은 사람과 맛있는 음식을 먹으며 슬픔을 공유할 수 있어 좋다고 말하며 문득 이런 질문을 던지셨습니다.

"최 선생, 사람은 어떻게 사는 게 잘사는 거라고 생각해요?"

"남에게 해를 안 끼치고 사는 거요."

교수님께서는 얼추 비슷하다고 말씀하시며 말을 이었습니다.

"최 선생, '염치없다'는 말은 주위에서 많이 들어 보았지요?

요새 염치없는 사람이 너무 많아요. 각자 가슴에 손을 얹고 내가 '염치없는' 사람인지, '염치 있는' 사람인지 잘 생각해 봐야 해요."

"네, 교수님 그러고 보니 '염치없다'는 말은 많이 들어 보았지만 '염치 있다'는 말은 들어보지 못한 거 같습니다. 그만큼 '염치 있게' 사는 사람이 적다는 말이군요?"

또한 돼지와 소만큼 염치 있는 동물도 없다고 말씀하셨습니다. 소는 자기가 먹을 음식을 농사짓는 유일한 동물이라고. 그렇다면 돼지는 어떨까요? 최소한 자기가 먹은 만큼은 되돌려 주니까요. 여하튼 그날 난 교수님께 "평생 이 문구 가슴에 새기고 실천하며 살겠다"고 다짐했습니다. 그런데 요새 부쩍 돼지갈비 냄새가 그리운 이유는 무얼까요? 제가 염치 있게 살고 있는지 다시 한 번 생각해 봅니다. 현재 제 삶이 누군가를 도와주지는 못하는 형편이라면 최소한 눈치 있게, 염치 있게라도 살아야겠습니다. 노을이 지는 시간에 마음이 따뜻한 사람과 돼지갈비 집에서 마주 앉아 서로의 마음을 전해보는 것은 어떨까요?

염치 한 마리에 소주 한잔?
똑바로 살아야겠습니다!

# 그 풍경을 이제 나는 사랑하려 한다

참새 두 마리,
마당 한가운데 고인 빗물을 먹는다
전깃줄에 앉은 제비 다섯 마리 연신 허공을 쪼아대고
돌담 틈에 핀 이름 모를 꽃들이 밤새 오므렸던 잎을 벌리자
꿀벌 한 마리 꽃잎 속에 머리를 숨긴다
기지개를 켜며 몸매를 뽐내던 개 한 마리 밥그릇 주위를 맴돌고
개미 두 마리 소리 없이 내 발등을 힘겹게 오른다
바람이 분다 눈을 감고 맑은 노래를 듣는다
두 눈에 담긴 작은 그림들이 다시 떠오른다
작고 깨어 있는 것들

네가 있어 세상이 향기롭다

오전 6시, 제주 전통 집 평상에 앉아 책을 읽고 있는데 새 두 마리가 날아와 마당 한가운데 고인 빗물로 목을 축입니다. 자세히 보니 참새였습니다. 어릴 적, 동네 전깃줄에 일렬로 서 지저귀던 흔한 새였지만 어느 순간 그 모습을 볼 수 없었는데 참 반가웠습니다. 혹 바쁜 일상 때문에 잊고 지낸 건 아닐까요? 아님 정말 그 많던 참새들은 다 어디로 떠난 것일까요? 책을 내려놓고 잠시 마당을 둘러보았습니다.

돌담 틈에 이름 모를 꽃 한 송이 바람에 하늘거리고 있었고, 꿀벌 한 마리가 덩달아 춤을 추고 있었습니다. 전깃줄에 앉아 있던 제비 가족은 허공을 가르며 날다가 다시 모여 한바탕 노래를 불렀습니다. 하나하나 무심히 지나쳤던 작고 사소한 풍경들이 작은 액자에 담긴 그림처럼 제 눈에 들어왔습니다.

그런데 그 풍경들이 유명 미술관에서 본 어떤 명화보다 더 아름답게 보였습니다. 살아 있다는 것, 깨어 있는 감동이랄까요! 순간 바람이 불자 작은 풍경들이 첫사랑의 연인처럼 다가왔습니다. 하늘의 구름은 동물, 사람 얼굴 등 푸른 하늘에 다양한 그림을 그렸습니다. 눈을 감으니 바람 소리, 새 소리가 참 아름다운 노래처럼 들렸습니다. 문득 이 시간에 잠들어 있는 건 어젯밤에 파티를 한 남자, 여자 사람뿐이라는 생각이 들더군요. 숙취에 젖어 평상에 널브러져 있지만 그나마 혼자 깨어 있다는 것에 위안 삼는 나 자신을 되돌아봅니다. 제발 이런 찌질한 생각은 하루에 한 번만 하기를.

이른 아침부터 깨어 각자 제 할 일을 묵묵히 하고 있는 작고 소소한 것들. 점점 잊고 지내는 아름다운 것들이 많다는 걸 깨닫는 아침입니다.

큰 감동은 작은 것에서부터 소리소문없이 다가오나 봅니다.

# 뒤에 걸으면 보이는 것들

사람들이 나에게 묻곤 하지
왜 항상 뒤처져 걷느냐고?
많은 세월이 한곳으로 흐른 오늘
나 이제 말할 수 있네
너는 볼 수 없는 너의 뒷모습
가리어지거나 숨기거나
화려하거나 쓸쓸하거나
살아 있는 액자 속에 서 있는 너를 보고 싶었다고
너의 참모습을 느끼고 싶었다고

너의 뒷모습과 한잔하고 싶은
지금, 비 내리는 밤이다!

매년 두 달 정도는 제주도에서 머물렀지만 한 번도 올레길을 걸은 적이 없었습니다. 서울에선 4대문 안은 급한 일이 아니면 걸어 다녔지만 이상하게도 제주에서는 걷기가 싫었습니다. 솔직히 오늘도 바람이 거세고 밀린 일이 많아 집에 있고 싶었지만 동생들의 마음 쏨쏨이를 알기에 못 이기는 척 외출을 했습니다. 아니나 다를까 전진하기도 힘들 정도로 바람이 거셌고, 생전 처음 눈이 옆으로 총알처럼 날아가는 것을 보았습니다. 마음속에선 갈까 말까, 변덕이 죽 끓듯 하더군요. 다행히 우리 일행이 걷는 코스는 해안가가 아니라 동네 마을과 당근 밭을 관통하는 길이어서 그나마 견딜 만했습니다. 역시나 길을 걸을수록 동생들과의 간격이 점점 벌어졌습니다.

　군대에서 막 제대한 동생은 야생화부터 당근밭, 돌담길, 동네 집들을 사진에 담았습니다. 그 모습이 정말 활기차고 꼭 소풍 나온 유치원에 다니는 아이처럼 보였습니다. 이제 결혼한 지 2년이 안 된 동생 부부는 두 손을 꼭 잡고 연인처럼 마냥 웃으며 꽃길을 걷더군요. 그 모습이 한들거리는 유채꽃처럼 예뻐 보였습니다. 그런데 큰 덩치에 어울리게 항상 호탕하게 웃으며 어떤 자리든 사람들을 즐겁게 해 주던 동생이 오늘은 고개를 숙이며 조용히 걸었습니다. 가끔 하늘을 보기도 했지만 뒷모습이 참 쓸쓸하게 보였습니다. 가끔 막연히 쭉 뻗은 길을 볼 때 느끼는 감정이랄까요.

동네를 빠져나오자 바닷가는 바람이 정말 엄청났습니다. 한마디로 전진이 불가능했습니다. 군대를 막 제대한 동생은 두 팔을 벌리고 환호성을 지릅니다. 동생 부부는 여전히 팔짱을 꼭 끼고서 웃으며 걸었습니다. 방파제를 집어삼킬 듯한 파도치는 바다와 덩치 큰 동생의 뒷모습이 함께 눈에 들어왔습니다. 다른 동생들은 바람을 피하며 걸었지만 왠지 이 동생은 바람 속으로 걸어가는 것처럼 보였습니다. 살아 있는 액자 속에 서 있는 사람처럼 말입니다.

더 이상 걸을 수 없을 정도로 바람이 거세지자 우리 일행은 나름 이 동네에서 유명한 칼국수집에 들어갔습니다. 따듯한 칼국수 국물이 몸 안에 들어가자 이구동성으로 "하~~"하는 탄성을 자아내더군요. 소주 한 잔씩 나누는 동안 동생들의 얼굴을 유심히 보았습니다. 유난히 고개를 숙이고 걷던 동생에게 시선이 자주 갔습니다. 좀 전의 모습과는 달리 해맑게 웃는 동생의 뒷모습이 자꾸 눈에 아른거렸습니다.

빗소리에 선잠을 자는데 누군가 방문을 여러 번 열었다 닫았습니다. 다시 방문이 열렸고 이번엔 내 얼굴에 타인의 숨결이 느껴졌습니다.

"형님, 주무세요?"

"왜?"

"형님, 죄송한데 저하고 술 한잔할 수 있을까요?"

낮에 올레길을 걷던 동생의 뒷모습이 생각나 옷을 입으며 시계를 보니 새벽 3시였습니다. 동생은 밤새 혼자 술을 마셨는지 혀가 꼬여 있었습니다. 전 소주 한 병, 동생은 막걸리 두 병을 사이에 두고 마주 앉았습니다.

"궁금한 게 하나 있어요. 형님은 체력이 안 좋아 뒤처져 걷는 줄 알았는데 그게 아닌 것 같아요."

"음, 솔직히 허리가 안 좋아 빨리 걷지 않아. 하지만 그게 전부는 아니야. 사람의 뒷모습을 보기 위해 뒤처져 걷는다고나 할까."

"뒷모습을 보기 위해서요?"

"사람들은 자기 뒷모습은 못 보잖아. 항상 앞모습만 신경 쓰지. 기분 나빠도 좋은 척, 슬퍼도 기쁜 척하며 살지. 난 그 척하며 사는 게 싫어. 뒷모습은 현재 자기 마음을 숨길 수 없거든. 그래서 난 그 사람의 참모습을 보려고 뒤처져 걸어. 그리고 한 가지 더. 내 뒷모습을 보이지 않기 위해 천천히 걷지. 어찌 보면 아이러니지?"

동생은 그날, 자신의 지난 가족사와 현재 자신의 위치와 마음을 털어놓았습니다. 이야기를 듣고 보니 동생의 뒷모습이 왜 그리 쓸쓸해 보였는지 알 것 같았습니다. 가슴속에 묻어놓은 수많은 고민과 사연들, 저도 똑같지만 동생에게 술김을 빌어 몇 마디 해주었습니다.

"한울아, 삶이라는 것은 바람을 피하는 게 아니라 바람 속으로 들어가 견디는 것이야. 오늘 바닷가를 걷는 너의 뒷모습을 보니 삶의 한복판으론 걸어가고 있더군. 이젠 견디는 것 하나만 남았던데. 가장 강력한 성공비결은 인내라고 생각해. 삶의 한가운데 들어온 거 축하해."

동생에게 한 말은 나에게도 해주고 싶은 말이었습니다. 날이 밝으면 동생은 제 말을 기억할까요? 아님 저도 제가 한 말을 기억할까요? 단 한 가지는 분명히 기억날 것 같아요.

*"삶은 바람 속으로 걸어가는 것!"*

# 나에게 없는 단 한 가지

"넌 나를 모른다
단지 내 눈을 보는 게 좋았다고 말했으면
단지 내 글이 좋았다고 말했으면
단지 산에 핀 꽃이 아름답다고 말했으면
단지 바다가 보고 싶다고 말했으면

그래서 함께 있고 싶다고 말했으면

혼자 남게 되었을 때가 두려웠던 것일까
나의 마음을 알기까지 많은 시간이 흘렀다

내게 없는 단 한 가지는 용기였다!"

어디서부터 이야기를 시작할까요? 20년 전인가요? 퇴근하고 시 쓰는 선배를 만나러 종로 뒷골목 2층 술집으로 향했습니다. 그날은 앞이 보이지 않을 정도로 눈이 내렸습니다. 술집 안에 들어서며 코트 어깨에 쌓인 눈을 털고 들어가서도 따뜻한 온기 때문인지 안경에 성에가 끼어 앞을 제대로 볼 수 없었죠. 안경을 벗고 보니 선배가 있는 자리는 창가 옆이었습니다.

내 예상보다 조금 많은 사람이 모여 있었고, 술잔도 몇 순배 돌았는지 분위기가 화기애애했습니다. 그런데 딱 한 사람은 술도 안 마시고 눈 내리는 바깥풍경만 내려다보고 있었습니다. 당연히 글 쓰는 사람들이 모였으니, 문학 이야기를 많이 했지만 대화에도 동참하지 않고 한 시간째 바깥 풍경만 보고 있었지요. 화장실에 다녀오니 본인 의사였는지, 아닌지는 모르겠지만 당신이 제 옆자리에 앉아 있었습니다.

"걸어오시는 거 봤어요. 오늘처럼 눈 내리는 날에 흰색 롱코트를 입은 사람은 어떤 마음일까 생각했는데 저희 자리로 오시더군요?"

"아 네. 근데 글 쓰시는 분이세요?"

"아니요, 화가예요."

"그럼 이 자리에 어떻게?"

"언니 따라 왔어요. 그리고 예전에 기자님이 쓰신 시, 언니가 보여줘 읽은 적 있어요. 시가 참 회화적이어서 한 번 뵙고 싶었어요."

굳이 그녀에 대한 질문을 하지 않았지만 선배님은 형제 중 늦둥이 막내이고 미국 대학에서 박사 과정에 있으며, 다음 주에 미국에서 결혼을 한다고 말해주었습니다. 그렇게 우리의 첫 만남은 짧은 원론적인 질문과 대답만 하고 헤어졌지요. 3년 뒤 한 통의 전화가 지금의 우리 관계의 시작이었습니다.

"저 ○○인데요."

"네 누구시라고요. 제가 모르는 분이신 것 같은데요."

그 사람은 누구의 동생이고, 3년 전 눈 오는 날 어느 모임 자리에서 만났었다는 이야기를 자세하게 설명을 했습니다. 공항에 내리자마자 언니에게 이유 불문하고 내 전화번호를 알려달라는 했다는 말과 함께 말입니다.

그날 저녁에 그녀를 만났고 내게 고백을 했습니다. 미국에 가서 파혼하려고 했으나 가족들의 강압에 결혼은 했지만 저를 떳떳하게 만나기 위해 혼인 신고는 물론 안 했고 부부 생활을 거부했으며 이제 자유의 몸이라고 말했습니다.

솔직히 한 번도 생각조차 못 해본 일이어서 당황스러웠습니다. 무슨 말을 해야 할까? 그녀는 3년 전 제가 비행기에서 읽으라고 준 책 속에 담겨 있던 후배들의 편지를 건네며 저를 만나고 싶었다고 말했습니다. 그 후 10년 동안 그녀는 일기 같은 편지를 보내왔고, 저도 답장을 보냈습니다. 그 사이 그녀는 미국의 유명한 대학의 미대 교수가 되었고, 얼굴은 단 한 번도 보지 못했지만 항상 그녀는 전화기 속, 손 편지에 존재하는 연인이었습니다. 그리고 한 통의 전화가 지금 나와 당신의 관계에 종지부를 찍었지요.

"우리 결혼하자?"

"뭔 뜬금없는 소리? 네 마음이 정 그러면 다음에 한국에 나와 우리 누나와 함께 만나 보자."

"그래. 그런데 내가 딱 하나 널 속인 게 있어. 나이."

그 사람은 첫 만남에서 저보다 한 살 많다고 이야기했지만 두 살 맞냐? 세 살 많냐?는 질문에 대답하지 않았습니다. 결론은 제 큰누나보다도 세 살 많은 8살이었습니다. 그 소리를 듣는 순간 드라마에서 왜 배우들이 충격을 받으면 뒷목을 잡는지 알 것 같았습니다. 전화는 끊겼고 1년 뒤 그녀가 휴직을 하고 제 눈앞에 나타났습니다. 술 한잔을 하며 이야기를 나누는데 두 개의 똑같은 반지를 꺼내더군요. 전 그녀에게 결혼을 하지 않겠다고 말했습니다. 서로 아무 말없이 술집에서 나와 걷는데 갑자기 그 잘나고 똑똑한 그녀가 길가에 쪼그리고 앉아 서럽게 울더군요. 아무 말도 하지 못하고 한참을 서 있었습니다.


대답했다.

네가 꽃보다 아름답다고 말했다. 거짓말

내 마음은 사시사철 피는 꽃보다 '영원히'라고 말했다. 진실.

너의 슬픔을 따다가 내 마음 깊은 곳에 숨겨 두겠다고 말했다. 오지랖.

꽃이 져도 너를 잊지 않겠다고 말했다. 한 번만 진실.

딱 앞으로 서른 봄의 봄 동안만 너를 사랑하겠다고 말했다. 진실, 지금은 글쎄다.

난 8살 나이 차이, 너는 데미무어가 아니다. 두려움.


물었다.

내가 사람이냐? 진심.

내가 누군가를 죽도록 사랑하는 사람일 것 같아? 진심.

그럼에도 불구하고 당신은 내가 왜 좋냐? 두려움.

난 결혼하면 절대 이혼 안 해. 그래도 올래? 진심, 두려움.

이제 늙어가고 돈 없다. 그래도 나한테 올래? 메아리 없는 질문.


10년이 지난 지금, 이제 조금 알 것 같습니다. 일도 사랑도 어렵지만 제일 어려운 건 내 마음이었습니다. 배려, 양심, 사랑이라는 말로 변명도 해보았지만 결국 새 삶에 대한 두려움이었지요. 그래서 제 그리움의 시계는 항상 거꾸로 돌아 과거의 한 시점에 서 있는 누군가를 생각하는지도 모릅니다. 그녀는 다시 한 남자의 여자가 되었고, 가끔 문자를 보내오기도 합니다.

술 한잔 마시면 전화를 걸어와 다시 너에게로 가고 싶다고 말하면 이젠 솔직히 대답합니다.

"나 안 만난 게 너의 인생에서 제일 잘한 일이야.

나에게 없는 단 한 가지가 뭔지 아니?

사랑, 배려, 이해심일까?

바로 용기야. 책임질 용기."

문득 오늘처럼 아무 말 없이 그녀와 한잔하고 싶은 밤에 휴짓조각에 몇 자 적어 봅니다.

우리의 이별은 나의 한 가지 얼굴일 뿐이고
우리의 이별은 너의 한 가지 마음일 뿐입니다.

JPio

# 나만의 미리 크리스마스

그리운 건 그 시절 함께했던
사람들과의 모든 순간이다

추억은 그리움을 먹고 산다

　산속 작업실, 원고 한 줄 써놓고 몇 시간째 하늘만 바라보았습니다. 일기예보에선 구름 낀 하루라고 했지만 습기를 머금고 있는 공기와 바람이 잔잔한 걸 보면 딱 첫눈이 올 듯한 하늘이었습니다. 문득 고등학교 때 수업시간이 생각났습니다. 시가 무엇인지도 모르면서 첫 시간부터 마지막 시간까지 하늘만 쳐다보고 연습장에 끼적거리다 보면 어느새 한 편의 시가 완성되어 노트에 정성스레 옮겨 적던 나날들. 처음엔 시간 때우기로 시를 쓰다가 어느 날 독서실에 나타난 한 여고생을 본 후 공부하는 것보다 더 힘들게 시를 썼던 기억이 떠오르자 피식 웃음이 나오다가 이내 마음이 무거워졌습니다. 왜 갑자기 하늘을 보며 그 시절이 생각났을까요. 산속 작업실에 혼자 있다 보니 사람이 그리웠기 때문일까요. 음악을 튼 후 짧은 글 한 편을 하소연하듯 읊었습니다.

"이곳에서는 저곳이 그립고
저곳에서는 이곳이 그립다
살아가는 동안 그리워만 하려는지…
그리움의 정체가 무엇인지 궁금하다
혹 내가 그리워하는 건 나 자신이 아닐까?
점점 잊고 사는 게 많아진다"
- 샌프란시스코에서 보내는 편지

어제도 오늘도 약속이 없었고, 내일도 모레도 없을 확률이 높습니다. 이틀 후면 크리스마스이기도 하구요. 아마 일 년 중 가장 한가한 날 중 하나이기도 하지요. 예전 같으면 무슨 수를 써서라도 약속을 잡았을 겁니다. 하지만 어느 순간 나, 우린 혼자 있는 법을 너무 모른다는 생각이 들었습니다. 결혼을 하든 연애를 하든 혼자 지내든 외로움이라는 것은 죽을 때까지 함께할 것 같다는 생각이 들었습니다. 어차피 함께할 거라면 피하지 말고 잘 추스르며 살자고 말입니다. 그리고 생각 끝에 내린 결론은 외로움도 어느 때엔 친구 같다는 것입니다. '인내'의 참 힘을 깨달았기 때문이지요.

하루에 사람 한 명 보기도 힘든 산속 작업실에서 크리스마스캐럴을 들으며 첫눈이 올 듯한 하늘을 봅니다. 새들은 낮게 날며 노래를 부릅니다. 친근하게 느껴지는 끝물 오후, 너무 그리워서 눈을 감을 수밖에 없었던 시인의 마음을 읽습니다.

> 그리움을 먹고 사는 추억!
> 사랑하는 사람과 함께했던
> 눈이 기억하는 시간
> 마음이 기억하는 순간!
> 겨울 산속 작업실에서 봄을 기다리는
> 오늘은 나만의 노엘!

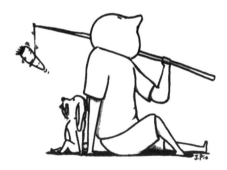

# 모든 추억은 꽃으로 핀다

오래된 사진 한 장
너는 스물세 살이었고
난 30대 초반이었다

마음은 한곳에 머물러 있지만

아이의 엄마가 된다는 소식을 전해오고

조용히 불러 본다
잊힌 단어들!

가끔 의외의 일이 삶의 활력소가 되거나 삶을 되돌아보게 하는 것 같습니다. 오늘은 작업실에 가기 위해 마을버스를 타고 내려 지하철로 가다가 순간 제 시선과 발걸음이 동시에 멈추어 버렸습니다. 한참 동안 쇼윈도를 쳐다보았습니다. 쓸쓸한 웃음이 나왔습니다.

"보고 싶다!"

때론 어이없는 착각도 작은 즐거움을 주는 것 같습니다. 마치 오랜만에 꿈에서 아버지를 본 반가운 마음처럼 말입니다.

쇼윈도 마네킹. 닮았다. 오래전 연인인 줄 알았습니다. 말이라도 한마디 건넸으면… 부질없는 일이었습니다. 오늘도 내일도 난 어느 시인의 글처럼 살 것입니다.

"그대가 그리우면 나는 울 것이다."

집으로 돌아와 그 사람의 생각도 돌려보냈습니다. 세월은 또 지나갈 테고 내게 잊힌 단어들은 어느 날 문득 떠오르겠지요.


바람마저 무겁게 느껴지는 오늘
빈말이라도 당신에게 가고 싶습니다.

# 문득 두 번째 사랑이 온다면

그래서보다
그럼에도 불구하고 하는 사랑

서른 번의 봄 동안
단 한 사람만을 바라보는 곡선 같은 사랑

그런 두 번째 사랑이 온다면
그런 두 번째 사랑이 온다면…

어떤 날씨를 좋아하시나요? 비 오는 날인가요? 저는 가끔 멍한 상태로 빗소리를 듣고 있으면 연인의 말할 수 없는 마음을 듣는 것 같아 가슴이 아프기도 해요. 전 눈이 부시게 푸른 날도 좋아하지만 눈이 올 듯한 하늘을 좋아합니다. 고요하지만 금방이라도 확 터질 것 같은 느낌이랄까요? 오늘이 딱 그런 날입니다. 아직 10월이라 눈이 올 확률은 없지만 오랜만에 제가 좋아하는 하늘을 보니 마음이 참 포근합니다. 노래 한 곡을 듣습니다. 〈화장을 고치고〉. 뜬금없지요. 날씨와 전혀 다른 노래니까요. 예전엔 가사를 세심하게 듣지 않았는데 날씨 탓일까요? 마음속에 눈 구름 하나 들어옵니다. 또 누군가 제 마음속에 들어온 걸까요? 오늘은 참 그리움이 마음속에 오래 머무는 하루인가 봅니다.

두 번째 사랑이 온다면?

당신의 손을 놓지 않겠습니다. 반가운 사람, 일적인 사람과 만났을 때의 기본적인 첫 행동이지만 누군가의 손을 진심으로 만져 본 적이 없네요. 어릴 적엔 이성에 대한 본능적인 생각이 앞섰지만 가장 작은 행동이 큰 사랑의 시작이라는 알게 되었습니다. 누군가를 사랑하게 된다는 것, 손을 마주 잡고 체온을 느끼는 것, 그 누군가의 손을 잡는 순간이 온다면 평생 놓지

149

않겠습니다.

당신의 눈빛을 보겠습니다. 인생에 누구나 한번 어쩔 수 없는 이별이 찾아올 때를 제외하곤 항상 당신이 눈동자가 맑기를 바랍니다. 사람의 눈빛은 숨길 수 없더군요. 두 눈에 그렁그렁 맺힌 눈물의 진실을 어찌 말로 표현할까요. 두 눈에 맺힌 눈물로 마음을 전하는 순간을 만들지 않겠습니다.

당신의 그림자를 보겠습니다. 당신의 외로움을 덜어줄 사람이 되겠습니다. 외로움은 사람의 숙명이겠지만 당신이 고개를 숙이지 않게 하겠습니다. 오랜 기간 동안 혼자 있다 보니 표정보다는 뉘앙스가 중요한 걸 알겠더군요. 같은 종교를 갖자고 강요하지 않겠습니다. 제가 혹 당신이 곁에 없을 때 빈자리를 채워줄 수 있는 건 종교일 테니까요.

당신에게 '함께'라는 걸 강요하지 않겠습니다. 수십 년 동안 다른 부모, 다른 교육, 환경에서 자란 우리지요. 그 습성을 한 사람의 기호에 맞추라는 것은 상대방의 살아온 삶을 부정하게 되는 것과 다름없습니다. 각자의 개성과 생각을 존중하겠습니다. 여행도 함께 가자고 강요하지 않을 것입니다. 어느 순간엔 혼자만의 시간이 필요하니까요. 서로 다른 직선의 길을 걸어도 그 길에 신뢰와 사랑이 밑바탕에 깔려 있으면 결국 인생의 종착점은 같은 곳일 겁니다. 전 곡선의 힘을 믿습니다.

당신의 취향을 존중합니다. 당신은 달콤한 음식을 좋아하시나요? 혹 제가 반대의 입맛을 갖고 있더라도 투정하지 않겠습니다. 음식은 맛도 중요하지만 누구와 함께 먹느냐도 중요하니까요. 두 개의 다른 음식을 시켜놓고 먹는다거나, 아직 맛보지 못한 음식의 세계를 접하게 된다면 그만큼 삶은 풍요로울 테니까요.

당신에게 부탁합니다. 제가 제일 싫어하는 것 두 가지는 이해해주세요. 몸과 마음이 동일시 되지 않는 게 있는 것 같습니다. 당연히 도덕적으로 잘못된 것은 아닙니다. 나 또한 당신의 두 가지를 이해하겠습니다. 싫은 걸 행동으로 옮겨야 할 때처럼 힘든 것 없지요. 가끔 경조사에 갈 때만 양복을 입지만 넥타이 메는 법은 아무리 배워도 잊어버리곤 합니다. 이른 아침이 아니라면 당신의 두 눈을 보며 흐뭇한 미소를 짓고 싶습니다.

혹 이런 마음을 행동으로 옮기게 될 순간이 온다면, 눈물도 마르고 가슴 뛸 일도 없는 나에게 어느 날 문득 두 번째 사랑이 온다면?

아무 말 없이 당신의 눈동자를 바라보겠습니다.

'간신히' 수십 년의 기다림을 달인 소중한 당신을 만났기
때문이지요!


저와 당신은 동반자가 아니라
'우리'입니다.

# 부모가 효자를 만든다

아들아 엄마 절에 갔다
냉장고에 있는 순두부찌개랑 밥 먹어라
인생은 길다
눈앞에서 버스를 놓쳤다고 너무 실망하지 마라
조금만 참고 기다리면 버스는 또 올 것이다

낮술 마시면 몸에 안 좋다
부탁한다, 부탁한다

- 10月 1日 엄마가

아침에 눈 떠 보니 집 안이 조용합니다. 지금 이 시간이면 엄니의 《천수경》 외는 소리를 시작으로 소주병 치우는 소리, 도마 소리, 밥 짓는 소리, 세탁기 돌아가는 소리, 화분에 물주는 소리, 빗자루와 손걸레로 거실을 쓸고 닦는 소리 등 각종 소리들이 집 안을 가득 메웠을 겁니다. 그러고 보니 오늘은 30분에 한 번씩 화장실 변기 물 내리는 소리도 한 번밖에 들리지 않습니다. 여하튼 엄니는 안방에도, 서재에도, 화장실에도 없었습니다. 잠은 여느 때와 달리 푹 잤지만 도대체 오전부터 어디를 간 것일까요? 물 한 잔 마시려고 부엌으로 가는데 식탁 위에 쪽지 한 장이 놓여 있었습니다. 두 번 반복된 마지막 한 줄을 읽는데 마음이 한없이 무거워졌습니다. 간밤에 혼술에 취해 큰소리를 지르던 제 모습도 떠올랐습니다.

"엄니도 그런 거야? 내가 직장에 안 다닌다고 무시하는 거야. 그래 난 직장도, 돈도, 마누라도, 자식도, 애인도, 심지어 머리숱도 없어. 온통 없는 것 투성이지만 아직 자존심은 남아 있다고."

"뭔 소리여, 난 목에 칼이 들어와도 니 흉은 안 본당께. 술 그만 먹고 자그라."

달력을 보니 절에 가는 날도 아니었습니다. 밥 생각보다는 술 한잔 생각이 간절했지만 쪽지의 마지막 구절을 보니 목구멍에 넘어갈 것 같지 않아 밥을 한술 뜨는 둥 마는 둥 하고 노

154

트북 앞에 앉았습니다. 하지만 몇 시간째 단 한 줄의 글도 써지지 않아 10여 일 만에 외출을 했습니다.

"선생님, 다 저를 위한 엄니의 마음이겠지요?"

"어머니의 마음을 다 알고 있군요."

"네. 그 마음은 알겠는데 자꾸 말은 맘과 다르게 나가요."

"괜찮아요. 어머닌 그 마음 다 이해할걸요."

현관문을 열자 엄니가 방문을 열고 나오더니 곧장 부엌으로 가 저녁을 차렸습니다. 탱글탱글한 순두부찌개가 나왔고 웬일일지 아무 말도 하지 않았는데 소주 한 병도 내어 주었습니다. 엄니는 방으로 들어가고 혼자 술 한잔하며 생각해 보니 전 한 번도 친척이나 지인, 심지어 누나들에게서도 나쁜 소리를 들은 적이 없었습니다. '효자 조카, 착한 동생'이라는 말만 들었을 뿐. 엄니가 제가 집에서 한 행동들을 사람들에게 말했다면 어땠을까요? 그리고 열 가지가 넘는 반찬으로 차려진 밥상, 차곡차곡 개어져 있는 옷과 손수건 그리고 밖에 안 나가도 일 년 내내 꽃이 피어 있는 거실과 깨끗한 서재 등 그 소리들이 엄니의 마음 소리였다고 생각하니 가슴이 먹먹해졌습니다. 난 내 허물을 덮기 위해 입을 열지만 부모는 자식 허물을 덮기 위해 입을 다뭅니다. 그래서 수십 년이 지나도 항상 그 자리에 있는 부모 곁으로 추억 소풍을 떠나는 것일까요? 밤이 너무 깜깜해 두 눈에 동백꽃 핀다는 엄니의 그 마음을 느끼는 밤입니다.

"부탁한다, 부탁한다!"

모든 기쁨과 슬픔은 밥알 속에 있습니다.
밥 한 톨이 전 우주보다 크게 느껴집니다.

# 시민의 여왕

삶에 지친 그대!
꿈과 행복
이 두 단어 외엔 모두 머리에서 지우세요
이제 눈을 감고 스스로 최면을 걸어 보세요
너의 눈 속에는 행복과 희망이라는 두 마리의 토끼만 산다고

"서민들만 죽어 나가는구만…."

며칠 전, 드라마를 시청할 시간도 아닌데 엄니의 욕설이 끊이지를 않았습니다. 막장의 끝인 아침드라마를 볼 때도 욕을 하다가도 장면이 바뀌면 멈췄는데 말입니다. 하지만 그날은 20여

분이 넘도록 욕을 해댔고 하루 종일 시도 때도 없이 욕설을 퍼부어댔습니다. 무언가 엄니에게 큰일이 생긴 게 분명했습니다. 괜히 그 이유를 물었다가 불똥이 튈까 봐 서재에서 글 쓰는 척했습니다. 아무리 화가 나더라도 글 쓰는 동안에는 공격하지 않기 때문에 하루 종일 컴퓨터 앞에 앉아 딴짓이라도 해야 했습니다. 도대체 엄니의 분노는 근원은 무엇일까요?

그날 이후 평소처럼 오후 2시에 운동을 간 엄니의 귀가 시간이 늦어지기 시작했습니다. 한 시간, 그다음 날은 한 시간 30분. 심지어 하루에 두 번씩 운동을 하러 나가기도 했습니다. 그때마다 책상 옆 견고한 담배 탑이 점점 높아져 갔습니다.

"오매 이젠 담배를 한 갑씩밖에 안 파네. 운동 겸 동네 편의점에 모두 들러 한 갑씩 사왔당께. 그래도 꽃동네 마트 아저씨는 참 사람이 좋구만. 글쎄 몰래 세 갑이나 줬어야."

"그럼, 운동 안 하고 매일 담배 사러 다닌 거야?"

"부자들 세금은 안 올리고, 그나마 담배로 위안 삼는 서민들을 눈 뜨고 못 보는 인간들은 인간도 아니랑께."

"이제 그만 사. 담배 줄일게. 그렇지만 끊지는 않을 거야."

"내가 니 속 타는 마음 알제."


오랜만에 외출했다가 집으로 들어가면서 꽃동네 마트에 소주를 사러 갔습니다. 돈을 지불하려는데 주인아저씨께서 한마디 했습니다.

"어머니, 담배 끊으셨어요?"

"네?"

"말보로 담배 피우시는 멋진 할머니 말이에요."

"아~ 네 고맙습니다. 그것만 피우시고 끊으시겠죠."

그랬습니다. 엄니의 분노의 근원은 담배였습니다. 내가 담배 피우는 걸 싫어했지만 요새 우리 집 금전 사정 때문에 걱정이 앞섰던 것입니다. 아들 담배 산다고 하면 한 갑씩밖에 안 줄까 봐 본인이 피우는 걸로 말하고 다니신 것이지요. 어릴 적 한 육상 선수가 라면만 먹고 금메달을 딴 후 학생 사이에서 유행한 말이 생각났습니다.

'에라이 000의 라면을 훔쳐 먹을 놈들….'

오늘도 어김없이 거실에서 소주를 마시고 있는데 엄니가 맞은편에 앉더니 생고구마와 생밤을 까더군요. 문득 슈퍼마켓 아저씨 말이 생각나 한마디 했습니다.

"말보로 피우는 황야의 무법자, 당신을 사재기의 여왕으로 임명합니다."

당신은 내 가슴속에 들어와 나가지 않는 단 한 사람입니다!

3장 <sup>우울</sup>

# 간신히 추억

## 빼앗긴 내 마음에도 봄은 오는가

봄날 오빠에게

1. 해장국 국물에 내려앉은 꽃씨를 가려낼 수 있는 오래된 정원을 가꾸는 사람

2. 나무와 하나가 되려고 얼굴의 생채기를 두려워하지 않는 사람

3. 서른 번의 봄 동안 단 한 사람만을 사랑하고 싶다는 사람

4. 소주를 마시다가 삐친 척 세상을 등지는 사람

5. 불은 면발의 자장면을 스스럼없이 먹는 사람

6. 밥 사달라는 말보다 술 한잔 사달라는 말이 더 어울리는 사람

7. 카사노바처럼 보이나 오직 한 여자만을 사랑하고 싶어 하는 사람

1998년 1월 25일 달의 날. 소주 사주세요 오빠

서재에서 자료정리를 하다가 오래된 편지 한 장을 발견했다. 한 사람을 묘사한 편지였는데 누가 누구에게 썼고, 내용 속 주인공이 누구인지 선뜻 떠오르지 않았다. 곰곰 생각하다가 편지지 뒤에 그려진 캐릭터를 보니 궁금증이 단박에 풀렸다. 바로 나였다. "봄날." 친구들이 "넌 매일 뭐가 그리 좋아서 싱글싱글 웃고 다니냐"며 약간 비아냥거리며 붙여준 20대까지의 내 별명이었다. 대학 졸업 후 백수일 때 아카데미에서 만난 두 여동생이 수료식을 앞둔 나에게 보낸 편지였다. 그 후 이 편지는 외국으로 떠나는 지인에게 술자리에서 이 편지가 끼워 있는 것도 모르고 읽던 책을 주었다가 5년 만에 다시 돌려받았다. 이번에는 이 편지가 아직도 남아 있다는 놀라움도 잠시, 편지 내용을 보니 내가 이런 사람이었나 하는 생각과 동시에 현재의 나는 어떤 사람일까 궁금했다.

하지만 주위 사람에게 물어보기도 뭐하고 곰곰 생각하다가 한 가지 방법을 찾아냈다. 일주일에 한두 번씩 SNS에 게재한 3년치 나의 일상과 생각을 적은 글을 모두 프린트했다. 글자 포인트를 작게 2페이지로 프린트했는데도 A4 용지 한 통을 다 사용할 정도로 글의 양이 상당했다.

소주 한잔을 마시며 천천히 한 장 한 장 읽어나갔다. 한마디로 변했다. 아직도 오래전 영화 속 대사인 "사랑이 어떻게 변하니"라는 신조를 가지고 살고 있지만 지금 내 모습이야 나이

먹었다 쳐도 생각과 행동은 많이 변해 있었다.


1. 구름은 웃고, 바람은 울고, 아기 그늘에 앉아 그리움이
   마른 자리를 본다. 본다, 사랑 꽃씨를 심어야겠다.

2. 수십 년이 지나도 항상 그 자리/이젠 귀신도 쓸쓸해 머물
   지 않는 모서리/ 꽃이 핀다/ 욕망과 좌절의 경계, 장바구니
   하나 걸어둔다/"목구녕이 있으면 넘길 것도 생기겠지!"/
   혼자 피식 웃는 밤이다!

3. 추억은 떠나는 쪽이 선택하는 것이 아니라 보내는 사람
   의 마음에 간신히 남는 것. 때론 그리움도 잘 보듬으면 좋은

추억이 될 수도 있을 거야. 다시 마음 열고 사랑을 해 봐.

4. 요즘 안 먹는 음식이 있다. 죽(인생 죽 쑤고 있으니까), 떡(인생 떡 됐으니까), 만두(인생 속 터지니까), 전골(인생 쪼그라드니까). 하지만 산목숨이라고 물(인생 물 먹고 있으니까)은 먹고 살고 있으니 내 삶의 무게가 한 짐이로다.

5. 텅 빈 5일장, 죽도록 외로워야 사랑이다.


그랬다. 글을 다 읽고 나니 한숨만 나왔다. 한마디로 봄날은 갔고 빼앗긴 내 마음은 봄이 오기는커녕 한겨울이었다. 찌질이였다고나 할까? 작은 일에도 화를 내고, 사람과 어울리는 것도 싫고, 음식 투정을 하는 내 모습이 보였다. 하물며 30년 동안의 봄 동안 한 여자를 사랑하겠다던 청년은 제 몸 하나도 추스르지 못하고 우왕좌왕할 뿐만 아니라 몇 번의 이별에 스스로 무릎을 꿇고 만남 자체를 포기하고 있었다. 마지막으로 하늘을 보는 날보다 자기 발등을 내려다보는 날이 더 많은 늙은 아이가 되어 있었다.

사랑과 돈, 둘 다 열심히 쫓아다녔다고 생각했는데, 이제 와 보니 돈도, 아내도, 자식도, 머리숱도, 싸가지 등 온통 없는 것뿐이니 나처럼 결혼 못한 늙은 아이들은 내 마음을 알까? 혼자서는 아름다울 수 없을까? 난 혼자 있는 법을 잘 몰랐던 것일까? 세월이 참 사람을 쓸쓸하게 만들었지만 오래된 편지 한 장이 나와 삶을 돌아보게 만든 계기가 된 것 같다. 마음속으로 다짐해 본다.

삶이 나에게 줄 수 없는 것을 간절히 원할 때 고통이 시작된다.
때론 무엇이든 없는 게 나을 때도 있지 않은가.
그래. 현재의 내 삶을 긍정하고 내 삶의 주인공이 될 때
빼앗긴 내 마음에 봄이 오지 않을까.
가끔 기다림은 즐거운 꿈을 꾸게도 하니까.

# 가끔 찌질한 나는 행복하다

겸손해야 꽃을 본다
생각을 줄여야 하늘을 본다
고개를 숙이면 숨소리를 느낄 수 있고
고개를 들면 마음을 이해한다

고개를 숙이고 드는 게 무엇이 힘들까
문득 너와 아무 말 없이 술 한잔하고 싶은
지금, 밤이다

산속 작업실, 입춘이 지났지만 햇볕이 드는 오전이 지나면 석유난로를 틀지 않고는 견디기가 힘들 정도로 추웠다. 글을 쓰다가 담배 태우러 밖에 나가 오랜만에 하늘과 주위 풍경을 보았다. 오히려 숲속에 있다 보니 익숙해져서인지 자연을 느끼는 일이 적은 것은 참 아이러니했다. 여하튼 아직 불암산 암벽엔 눈의 흔적이 아직 남아 있었고, 나뭇가지에도 아직 베이비 그린 잎사귀가 돋지 않았다. 그나마 봄이 오고 있다 느끼는 건 감나무 밑 햇살이 머문 곳에 누워 졸고 있는 백구를 보고 있을 때 뿐 작업실에는 아직 봄이 오지 않았다.

오늘따라 이런 아름다운 풍경을 보고 있는데도 마음이 평화롭지가 못했다. 차 한 잔을 마시며 마음을 추스르고 있을 때 제주도에서 사는 작곡가 친구에게서 전화가 왔다. 일주일 만에 첫 전화벨이 울린 것이다.

"… 나 그냥 가려고."

친구 짧은 한마디였지만 순간 직감적으로 무슨 말이 알 수 있었다.

"결혼하니?

"어떻게 알았어."

"살아갈 날보다 살아온 날이 더 많아. 여하튼 축하해."

역시 예감은 틀리지 않았다. 3월 둘째 주 봄날에 장가간다는 친구의 전화를 받았지만 전혀 기분은 상하지 않았다. 후배들이 결혼한다고 전화하면 짜증 내며 욕 한 바가지 하고 전화를 끊었지만 우리 나이를 감안하면 축하할 일 그 이상이었다. 실제로 10년 전부터 집안 결혼식과 후배 결혼식에 간 적이 없었다. 심지어 우리 집안은 동생들 결혼식엔 결혼 안 한 윗사람은 식장 안에 들어가지도 못했다. 여하튼 이제 결혼 안 한 친구 두 명 중 한 명이 결혼을 하지만 정말 기쁜 소식이었다.

창밖 숲을 보고 멍 때리고 있는데 또 한 통의 전화가 왔다. 별일이었다. 하루에 두 통이나 전화가 오다니 사진가 친구의 전화였다. 결혼 안 한 친구 두 명 중 한 명이었다.

"… 나 그냥 가려고."

두 시간 전에 전화 온 친구와 단 한 글자도 틀리지 않았다.

"너도 결혼하니?"

"어떻게 알았어."

"우리 나이에 병들어 가는 거 아니면 결혼이지. 그래 넌 언제 하니? 여하튼 축하해."

3월 셋째 주 봄날이었다. 한마디로 마음은 진심으로 쿨 하게 축하한다고 말했지만 가슴 한쪽이 뻥 뚫린 느낌이 들었다. 봄날 2주를 결혼식장에 가야 하는 건 둘째 치고 이젠 나에겐 우군이 없어졌다는 게 충격적이었다. 창밖을 보며 멍 때릴 필요도 없고 차 대신 소주 한 병을 꺼냈고 노래를 틀었다.

"총 맞은 것처럼 가슴이 너무 아파…."

소주 두 병 마시고 집으로 돌아왔다. 엄니는 글 쓰러 가더니 술만 마시고 왔냐고 핀잔을 주었다.

"이제 내 곁엔 적들뿐이야. 결혼한 사람은 모두 적이야."

"뭔 말이여."

"승철이하고 별남이 다음 달에 결혼한대. 그것도 2주 연발로."

"니도 하면 된당께. 그려서 술 마신 것이여. 부러운 것이여?"

"한 개도 안 부러워. 진짜랑께. 그냥 마음이 허전해서 술 마신 거야."

엄니는 간단하게 술상을 차려 주고 방에 들어가 《천수경》을 읽었다.

요새 갈수록 하늘을 보는 시간보다 고개 숙이고 내 발등을 보는 시간이 많아졌다. "개도 새끼 낳고 사는데 사람으로 태어나 사모관대 한 번 못 쓴다는 건 말도 안 된다"는 엄니의 말이 귓가에 맴돌았다.

술 취해 같은 말만 되풀이했다.

"고통은 삶이 현재 나에게 줄 수 없는 것을 원할 때 시작된다고."

나는 매일 자신과의 싸움에서 진다.

내일도, 일 년, 10년, 아니 죽을 때까지 질지 모른다.

세상에서 가장 센 힘은 인내와 반복하는 힘일 것이다.

지치지만 말자!

# 간신히 추억

가끔 마음이 울적하면 동화책을 본다
오늘은 누군가가 참 그리운 하루
길을 걷다가 붉은 꽃, 파란 꽃, 노란 꽃
무지개 꽃밭에 쪼그리고 앉아 있는 꼬마를 본다

"꼬마야 안녕. 고마워!"

집으로 오는 꽃길
40여 년의 추억이 밤길을 비춘다
그 소녀, 그 소년

지 설움에 미소 지으며
양귀비를 품는 밤이다!

해 질 무렵, 3분 거리에 사는 누나의 핸드폰 번호를 눌렀다. 먼저 전화를 걸었으면서 한마디도 못하자 잠시 후 누나의 맑은 목소리가 들려 왔다.

"10분 뒤에 와."

집에서만 입는 구멍 난 트레이닝복 차림을 하고 맨발에 슬리퍼를 신고 나가려 하자 방에서 나온 엄니는 깜짝 놀라며 내 손을 잡더니 옷을 갈아입고 나가라고 적극 만류했다. 그녀는 남자가 허름한 차림으로 동네를 활보하는 것을 싫어했다. 오죽하면 서재 책상에는 그녀가 사다 놓은 담배가 탑처럼 쌓여 있고 자주 마시는 음료수는 박스째 준비되어 있다. 여름휴가 때는 대문 밖을 안 나가도 식생활이 원활하게 이루어질 정도로 모든 물품이 구비되어 있었다. 한마디로 그녀에게 남자는 항상 깔끔한 차림으로 출근하고 외출하는 존재였다.

"이젠 출근할 일도 없는데 뭘!"

무심히 한마디 내뱉자 엄니는 아무 말을 하지 않고 방으로 들어갔다.

담배 한 대를 다 태웠을 즈음 작은누나 집에 도착했다. 2층으로 올라가는데 공기에 기름 냄새가 잔뜩 배어 있었다. 안방에 들어가자 감자튀김 조금과 케첩, 새우튀김 세 개, 은행 다섯 개, 딸기 다섯 개, 방울토마토 다섯 개 그리고 소주 두 병. 딱 내가 좋아하는 안주와 먹을 만큼의 양으로 작은 술상이 차려져 있었다.

난 한 시간 동안 아무 말 없이 소주 한 병 반을 마셨고, 작은 누나도 아무 말 없이 커피 두 잔을 마셨다. 대화는 없어도 함께 한다는 것? 같은 바라본다는 것? 물든다는 것?  갑자기 금이 갔던 갈비뼈 세 대가 쑤셨다.

그랬다. 사진 아카데미에서 특강을 하던 우연히 만난 그녀. 뒤풀이 술자리에서 많은 대화를 나누었던 그녀. 아주 오랜만에 공통 관심사를 가진 그녀를 만났다. 이 나이에도 가슴이 설렐 수 있는지 알게 준 그녀였다. 그날 집으로 귀하다가 갈비뼈에 세 대에 금이 갔다. 몇 번의 만남이 지속되었고 마음에 꽃이 피었다. 마지막 만남 후 그녀도 귀가 중에 갈비뼈 세 대가 부러져 애써 인연이라고 생각이라고 생각했던 그녀. 하지만 그날 밤 확신에

찬 그녀의 한마디에 포기할 수밖에 없었던 그녀가 떠올랐다.

"누나, 누군가 생각만 해도 가슴 설레 본 적 있어? 너무 보고
싶어 눈물이 날 것 같은 느낌 알아?"

"이 나이에 설렌다는 건 기쁜 일이지만 그 사람이 그리워 눈
물 난다는 건 아마 제 서러움과 부끄러움 때문이 아닐까? 그리
고 눈물 날 정도로 보고 싶은 사람이 있는데 볼 수가 없다면 그
냥 잊어!"

집으로 돌아오다가 꽃밭에 앉아 있는 꼬마 아이를 보는데
《빨간 머리 앤》 중 한 구절이 생각났다.

"내일이 아직 무엇 하나 실패하지 않은 하루라고 생각하면 기
쁘지 않아?"

그날 저녁, 난 그녀에게 무슨 질문을 했던 것일까? 나의 왼쪽
갈빗대 세 대, 그녀의 오른쪽 갈빗대 세 대는 어디로 사라진 것일
까? 어느 유명한 무속인의 말처럼 내 사주에는 결혼이 없는 것일
까? 우연이 인연이 되고 다시 필연이 되는 걸 꿈꾸었던 것일까?

'간신히 추억'하나만 남았을 뿐

나는 이제 너에게 없는 계절이고
너는 이제 나에게 없는 계절일 뿐.

# 외롭지 않게 혼자이고 싶다

"병든 놈이 맷돌을 돌린다."
때론 삶이 느리게 흘러도 좋을 것 같다.
빠르든 느리든 세월은 똑같이 흐르니까!

어디 가?

사랑을 구경하러...

J.Pio

나의 핸드폰은 캔디가 되었다. 외로워도 슬퍼도 울지 않는다. 가끔 전화하는 동생들이 말한다.

"형, 왜 이리 목소리가 우울해요?"

"우울한 게 아니라 오늘 처음 말해서 목이 잠겼어."

회사를 관둔 후 내 핸드폰은 정말 캔디가 되었다. 70대 엄니의 전화는 시도 때도 울렸지만 난 딱 한 번 갔던 의리의 한 유흥업소의 언니만 매일 한 통의 문자를 보낼 뿐 핸드폰은 한마디로 무용지물이었다. 처음엔 지인들에 대한 배신감, 자괴감 등 별의별 생각이 다 들었다. 심지어 왜 사람들이 상실감에 못 이겨 극단적인 선택을 하는지 그 마음도 알 것 같았다.

걷는다. 새벽 6시 30분, 한 시간 반 동안 아무 생각 없이 걷는다. 어릴 적부터 아픈 허리 때문에 걷는다는 핑계를 댔지만 솔직히 외로워서 걷는다. 누군가를 만나 대화를 하고 싶었다. 그렇다고 지인들에게 전화하는 것도 한두 번이지 그 사람들은 엄연히 월급을 받고 일하는 직장인들이 아닌가. 어느 순간부터 지인들은 내 전화를 받는 걸 피하기 시작했다.

오늘도 우이천을 걷는다. 하늘채 아파트 밑엔 청둥오리 가족이 살고, 바로 옆엔 누가 풀어 놓았는지 모를 집오리 세 마리가 물가에 유유히 떠다닌다. 5분쯤 걸으면 '파도타기' 운동 기계에 오늘도 빨간색 운동복을 입으신 할머니가 서 계시고, 탱고 춤 자세로 걷는 흰색 우아개를 입은 어르신이 반대편에서 걸어

오신다. 30분쯤 걸으면 20여 명의 아주머니가 노래 리듬에 맞춰 에어로빅을 하는데, 한 가지 의아한 건 에어로빅 강사가 제일 뚱뚱하다. 아! 풍을 맞으신 할아버지는 할머니와 함께 걷고 계시고, 엄마의 몸 두 배 정도 되는 딸이 땀을 뻘뻘 흘리며 반대편에서 걸어오고 있고, 70대 백발 어르신은 평행봉에 매달려 기인열전에 가까운 신공을 보여 주신다. 마지막으로 집에 도착할 즈음 고등학교 학생들과 덕성여대 학생들이 등교를 한다. 어느 순간부터 그 친구들의 옷차림과 행동에 눈길이 간다. 집 앞 벤치에 앉아 담배 한 대를 태운다. 103호 남자가 출근을 하고, 402호 아줌마가 출근을 한다. 경비 아저씨는 어제 약주 한 잔을 하셨는지 눈이 붉게 충혈되어 있고. 603호 아이는 베란다 창가에 매달려 "아~~~~~~"소리를 지른다.

매일 만나는 수많은 눈부처!
살아 있는 모든 것, 살아 있다는 것만으로 존경받을 만하다.

# 이별에는 짝퉁이 없다

전화기 속에만 있는 너

때 이르게 핀 코스모스를 본 듯한 마음만
바다를 건너던 나날들
너의 이유 모를 투정에서도 꽃향기가 났습니다

눈 오는 거리에서 전화를 겁니다
너의 목소리보다 눈물이 먼저 떨어지고
한쪽으로만 닳은 신발 굽,
흰 다리 사이로 눈꽃이 지나갑니다
발자국에 거짓말처럼 고인 눈물 위로
어둠꽃이 내려앉습니다

눈이 기억하는 시간 속에 없는 너

영원히 나 혼자만 가지는 사랑
다 잊으면 꽃이 필까요?

- 영원히 나 혼자 가지는 사랑 2

가끔 지난 일들이 아름답게만 포장되어 기억될 때가 있다. '그러면 좀 어때?' 하는 생각도 들기도 하지만 한 통의 전화로 시작된 조그만 사건은 해후(邂逅)가 드라마 속 연인들처럼 꼭 아름답지만은 않다는 뼈저린 교훈을 얻게 되었다.

낯설면서도 낯익은 목소리, 약간은 술에 취한 목소리로 내 이름을 조심스럽게 묻는 한 통의 전화를 받았다. 조금 황당한 기분도 들었지만 나라고 대답을 하자 한참 동안 말을 잇지 못하던 여자는 자신의 이름을 대며 기억이 나느냐고 물었다. 그녀였다. 20년 동안 내 기억 속에 희미한 존재로만 남아 있던 그녀에게서 온 전화였다.

"우연히 페이스북에서 봤어요. 살도 많이 빠지고 헤어스타일도 변했지만 단번에 알아봤어요. 정말 반가운 마음에 당신이 쓴 글들을 며칠 동안 꼼꼼히 다 읽었어요. 그러다가 문득 목소리라도 듣고 싶었고 한 가지 궁금한 게 있어 전화를 하게 되었어요. 혹시 실례가 된 건 아닌지 모르겠어요."

"아, 네 아닙니다! 무엇이 궁금하신데요?"

"당신과 만났던 기억이 하나도 나지 않아요. 내가 당신에게 어떤 존재였고, 어떻게 헤어졌는지 궁금해요."

"그 수많은 시간들을 다 이야기해 달라고요?"

"아, 많은 일들이 있었나 보군요. 음, 실례가 안 된다면 만나서 이야기 좀 나눌 수 있을까요?"

그 후 똑같은 질문의 짧은 통화를 한 번 더 하고 강남의 한 술집에서 만났다. 약속 전날부터 이유 없이 심장이 빠르게 뛰었고, 18년 전 기억을 세심하게 기억해내어 그녀에게 말해줄 큰 사건들을 노트에 적었다.

약속 시간에 맞춰 온 그녀는 20년의 세월이 무색할 정도로 그때 모습 그대로였다. 단 나처럼 그녀도 예전보다 몸이 많이 말라 보였고, 우리가 서로 존댓말을 한다는 두 가지만 빼면 달라진 것이 없었다. 한 가지 더 있다면 그녀가 항공사를 관두고 생뚱맞게도 와인 박스를 디자인하는 회사 오너가 된 것이랄까?

"제가 어떤 여자였나요?"

여전히 그녀는 똑같은 질문을 던졌다.

난 18년 전 그녀의 모습과 우리가 어떻게 만났고 나에겐 어떤 존재였는지 최대한 자세하게 설명을 했다. 소주병이 하나씩 늘어날 때마다 내 기억은 더욱 또렷해졌고 그녀의 탄성도 조금씩 톤이 높아졌다. 그럴수록 그녀의 리액션에 맞춰 흥미진진한 드라마처럼 빠르게 관계의 줄거리와 주인공에 대해 이야기를 했다. 단 한 가지 우리가 왜 헤어졌는지는 대해서는 말하지 못했다. 굳이 지금의 분위기를 깨뜨리고 싶지 않았다.

"재밌네요. 제가 그런 여자였군요. 그런데 전 왜 기억이 하나도 안 날까요? 신기해요."

"정말 하나도 기억이…?"

"우리 그냥 애인 말고 친구할까요? 단 조건이 있어요. 내가 전화할게요. 그쪽이 전화를 해도 받지 않을 거예요."

그날 그녀의 요청으로 집까지 데려주었고, 와인 한 병을 더 마시며 두 시간 정도 머물다가 집으로 돌아왔다. 그 후로 그녀는 두 달에 한 번 정도 전화해 똑같은 질문을 던졌고, 난 똑같은 대답을 했고, 두 번 정도 더 통화한 후 그 술집에서 다시 만나 술을 마셨고, 다시 집 안에서 와인을 마시고 두 시간 정도 머물다가 집으로 돌아오기를 반복했다. 어느 날은 다시는 전화하지도, 만나지도 않겠다고 말했지만 몇 달 뒤 아무 일도 없었다는 듯 전화하고 만났고 난 점점 더 왜 우리가 헤어진 이유는 상관없이 그녀를 아름답게만 표현했다. 한 가지 확실한 건 그녀는 내가 전화를 하면 정말 받지를 않았다.

"어제 내 안경을 놔두고 당신 안경을 쓰고 왔네요."

문자를 보냈다.

"주소 문자로 찍어 주세요. 퀵으로 보내드릴게요. 제 안경은 버리세요. 당신을 다신 안 만날 테니까."

아직도 그녀는 반년에 한 번 정도 약간 취한 목소리로 전화해 똑같은 질문을 하고 있다. 나 또한 똑같은 대답을 하고 있다. 물론 왜 헤어졌는지 대한 말은 않았다. 하지만 또렷이 기억하고 있다. 18년 동안 내 기억 속에 그녀는 어떤 존재였고, 마지막 날 어떻게, 왜 헤어졌고 그날의 마음을….

18년 전의 그녀는 호출기 버리고 떠났다. 이번엔 안경을 버리고 떠났다. 추억의 물건들을 담은 상자를 열어 그녀의 안경을 담았다. 그리고 또 하나의 추억을 잊는다. 18년 후 그녀는 무엇을 버리고 떠날지….

"오래전, 우리의 헤어짐은
나에겐 동백꽃 눈물, 너에겐 꽃말이 될 거라고 말했지
그리움이 남아 있지 않으면 기억
그리움이 남아 있으면 추억
여전히 이기적인!
그래도 가끔, 슬픈 연애사도
아름답게 포장되어 기억될 때가 있다.
하지만 이별에는 짝퉁이 없다."

# 응답한다. 1988

삶에게 묻지 말고
삶의 물음에 답하라

응답한다!

아무것도 할 수 없을 때는
아무것도 하지 마라


후배가 온다는 말도 없이 집에 왔다. 단지 집밥이 먹고 싶다는 이유가 전부였다. 부산에서 상경해 혼자 사니 그럴 만도 하겠다 싶었다. 아침 식사를 하는데 후배가 한마디 했다.

"형, 차 타고 오다 보니 북한산이 보이던데 여기서 가까워요?”

“음, 걸어서 15분 정도 될까.”

“가깝군요. 산 입구에 음식점도 많이 있나요?”

“많아. 이따 점심은 거기서 먹을까? 술도 한잔하면서.”

산 입구엔 등산객들로 붐볐다. 반바지에 슬리퍼 차림은 우
리뿐이었다. 천천히 본격적인 등산로 입구에 있는 음식점으로
향했다. 그런데 이상하게도 천천히 걷는데 심장이 빠르게 뛰기
시작했다. 운동을 심하게 한 후의 심장박동과 달랐다. 이 증상
은 술을 마시는 내내 계속되었다.

“이상하게 심장이 자꾸 뛰네.”

“나이 먹어서 그래. 병원에 가 봐, 형.”

빠르게 뛰던 심장박동이 집에 오니 정상으로 돌아왔다. 다
음 날 병원에 가서 진찰을 받았지만 아무 이상이 없었다.

아침 식사를 한 후 TV를 켰다. 작년에 눈물샘을 마르게 했
던 드라마를 재방송하고 있었다. 설마! 1년이 지났는데, 또 그
럴까? 결론은 역시나였다. 왜 이 드라마만 보면 눈물이 나는
것일까? 얼마 전, 걷기 운동을 시작하면서 이유를 알게 되었
다. 어릴 적부터 아픈 허리는 대학 병원, 용한 한의원, 민간요
법 등 갖은 치료 방법을 써도 낫지 않았다. 하지만 근래 재발
한 허리 병은 이전과는 달리 누울 수도 없을 정도로 고통이 심

했다. 지인들에게 귀차니즘의 대명사라고 불릴 정도로 몸 움직이는 걸 싫어했지만 고통 앞에서는 어쩔 수 없이 걸을 수밖에 없었다.

우이천 길, 북한산부터 광운대까지 이어진 8킬로미터. 청둥오리, 학, 참새, 오리, 온갖 새들이 있는 길을 매일 아침 6시부터 걸었다. 걷기 시작한 후 이튿날, 오랜만에 미세먼지도 없고 하늘이 더없이 맑았다. 광운대 쪽으로 걷다가 다시 집 쪽으로 걷는데 심장이 뛰기 시작했다. 벤치에 앉아 쉬는데도 심장 박동은 100미터 단거리 달리기를 한 사람처럼 뛰었다. 집에 오면 심장박동이 다시 정상으로 돌아왔다.


노을이 지고 있었다. 동네 언덕에 앉아 아버지를 기다렸다. 가로등이 하나둘 켜지고 회사에 출근했던 옆집 아저씨들이 지나가며 한마디씩 했다.

"여기서 뭐 하니? 집에 가지 않고."

"아버지 기다려요."

아버지를 기다렸다. 지금 생각해 보면 아버지는 사업이 망하신 후 1년여 동안 집에만 계셨다. 아무것도 할 수 없었던 나날들. 그러던 어느 날부터 외출을 하시고 하루가 다르게 아버지의 얼굴은 새까맣게 변했다. 그런 아버지가 무엇이 가지고 싶냐고 나에게 물었고, 야구 방망이라고 대답했었다. 그날 이

후로 해 질 녘이면 아버지를 기다렸지만 만나지 못하고 집에 들어 와 밥을 먹고 자면 아버지의 목소리가 들렸다. 하루 이틀… 그날도 해가 지고 가로등이 켜지고 옆집 아저씨들이 내게 말을 건 후 집으로 사라졌다. 배도 고프고 아버지를 기다리는 걸 포기하고 집으로 가려는 순간 언덕 밑 골목길을 돌아서 올라오는 아버지의 모습이 보였다. 괴나리봇짐을 멘 모습으로 말이다. 나를 보고 환하게 웃는 아버지의 치아가 보름달처럼 밝게 보였다.

"아버지가 야구 방망이 사 왔다."

오늘도 걷는다. 구름 한 점 없는 맑은 날씨다. 북한산이 보였다. 며칠 동안은 걷는 것 자체가 힘들어 고개를 들 정신도 없었다. 심장이 다시 뛰었다. 집에 들어와 TV를 켜고 드라마 재방송을 보았다.

"인생은 나그네길, 어디서 왔다가 어디로 가는가…."

알겠다. 왜 이 드라마만 보면 눈물이 나고 왜 심장이 뛰는지를…. 북한산! 10여 년 전 유언에 따라 뼈 한 줌만 화장터에서 따로 달라고 해서 살아생전 그토록 좋아하신 북한산에 뿌렸었다. 아버지가 계신 곳, 북한산이 보였다. 이제 세월이 흘러 회사를 관두고, 어느새 아버지의 나이를 넘어 집에 있는 나. 아버지의 마음을 조금 알겠다.

"사랑이란 그 어디에도 없을지도 모른다. 단지 그리움과 설렘의 또 다른 이름일지도…."

한여름 도로변에서 꽃을 심던 사람. 아무것도 할 수 없었던 나날들을 견뎠던 사람. 그래도 약속을 지켰던 사람. 아플수록 복기하자. 복기해야 할 정도로 아픈 기억 있다는 건 내가 삶을 조금씩 알아가는 게 아닐까?

# 당신은 행복한가?

언제 가장 행복했나요?

당신이 살아계셨던 모든 날

아버지!

설렘!
원망!

두 마음이 모여 그리움이 된다

제주도 동쪽 어등포 바다는 광해군이 유배 온 곳이라고 작은 표지석이 있고, 에메랄드빛 바다가 사람들의 눈을 즐겁게 해주지만 겨울바람만은 상상 이상이었다. 발걸음을 내딛어도 러닝머신을 탄 것처럼 제자리이고, 뛰어야 거의 걷는 속도로 앞으로 나아갈 수 있다. 심지어 주차된 차가 흔들릴 정도이니 60킬로그램 갓 넘는 내 몸은 추풍낙엽이라고나 할까. 조선시대 때 이곳으로 유배를 보낸다는 것은 가다가 바다에 빠져 죽으라는 소리와 매한가지였다.

　눈물이 났다. 아니 눈물이 줄줄 흘렀다. 왜 자꾸 눈물이 날까? 슬픈 것도 없고, 감정이입도 없었다. 바람을 겨우 뚫고 단골 카페에 들어갔다. 창가에 앉아 글 몇 줄 쓰다가 바다를 보았다. 카페 안은 평온한데 얇은 유리창을 사이에 두고 밖은 의자가 굴러다니고 화분이 굴러다니고 있었다.

　'바람'하면 몇 가지 단어가 떠올랐다. 원망과 설렘 그리고 낯섦. 10여 년 동안 바람을 피운 아버지의 모습과 고등학교 때 길거리 만난 아버지의 표정이 떠올랐다. 10년 동안 바람피운 아버지에 대한 원망을 잊기로 했지만 아직도 오늘처럼 바람이 많이 부는 날엔 고등학교 시절 길에서 만난 아버지의 모습은 가끔 떠올랐다.

　그날도 바람이 많이 불었다. 주변 여러 고등학교 중 우리 학교만 야간 수업이 없어 학생들 대부분 사설 독서실에 다녔다.

교복도 자율화 세대였기 때문에 대학생과 구분이 안 될 정도였고, 그만큼 우리의 활동 범위는 넓었다. 한마디로 놀러 다니기에 더할 나위 없는 조건이었다. 우리 집 위에 사는 친구와 저녁밥을 먹고 독서실로 향했다. 100미터쯤 걸었을까. 맞은편에서 낯익은 사람이 걸어오고 있었다. 분명 친하고 반가운 사람인데 누군지가 생각나지 않았다. 그래도 아는 사람이 분명하다는 확신을 가진 나는 그가 바로 앞에 왔을 때 밝은 목소리로 말했다.

"아저씨, 안녕하세요?"

인사를 받은 분은 멍한 표정을 지으며 아무 말도 하지 않았고 친구와 나는 다시 독서실로 향했다. 독서실에 들어가기 전에 골목에서 담배를 피웠다. 금세 한 대를 다 피운 친구가 다시 한 대를 입에 물더니 한마디 했다.

"야, 너 아까 왜 그랬어?"

"내가 뭘?"

"네 아버지한테 아저씨라고 했잖아?"


그랬다. 그날 내가 인사를 한 분은 바로 아버지였다. 집에 들어갈 것이 겁이 나 공부를 하지 못했다. 왜 아버지를 기억하지 못하고 아저씨라고 했을까? 나에게 아버지는 낯설고 설레는 존재였다. 함께 살고, 식사를 하고, 잠을 잤지만 아버지의 품에 안겨 본 적이 없었다. 단지 돌 사진에서 보았을 뿐. 또한 아버지는 말씀도 없으셨고 간혹 한다는 말씀이 '~해라'였고, 내 답은 항상 "네."였을 정도로 우린 대화가 없었다. 그렇다면 나는 왜 반가운 사람이라고 생각했을까. 아마도 깊은 원망 속에 배인 다가갈 수 없는 낯선 존재에 대한 설렘이랄까. 아니면 그 품에 안길 수 있으리라는 설레는 기대감을 가지고 있었기 때문이었을까. 여하튼 가슴 졸이며 집에 갔지만 아버지 아무 말씀도 없었고, 돌아가시는 날까지 그날의 일에 대해선 일언반구도 하지 않았다.

어느덧 세월이 흘러 그날의 아버지와 비슷한 나이가 되었다. 그 품이 더욱 그리운 시기를 견디고 있기에 아버지가 살아 계셨던 그 날이 더욱 그리워진 것일까. 나는 누군가에게 한 번이라도 설레는 사람이었을까. 바람이 부니 많은 생각들이 오고 간다. 잠시 후 숙소로 돌아가기 위해 다시 바람이 부는 밖으로 나가면 요새 내 삶처럼 흔들리며 눈물을 흘릴 테고, 더욱 아버지의 품이 그리울 것이다.

숙소로 돌아가는 내내 눈물을 흘렸다.
아버지의 마음이 담긴 바람이 내 눈을 만지고 간 것인지도 모르겠다.

# 나에겐 없는 계절, 당신

오래전 연인이 노래 한 곡을 보내왔다

샌프란시스코로 마음을 보내던 나날들

많은 세월이 한곳으로 흘러갔다

이젠 나에겐 없는 계절, 당신

다 잊으면 꽃이 필까?

10여 년 만에 수신이 왔다. 뜬금없는 노래 한 곡. 비가 왔다. 베란다에 앉아 담배 한 개비를 지나온 세월만큼 느리게 피웠다. 안 듣던 노래를 듣고 듣고 또 리플레이해서 들었다. 무슨 의미일까? 한 번도 아닌 두 번 다른 남자에게로 떠난 여인. 매번 떠나가면서 남긴 한마디는 똑같았다.

"내가 사랑하는 사람은 너다. 네가 안 받아 주니 다른 사람에게로 간다. 마음이 아프다."

아무 대답도 못했다. 그 사람의 말이 이해되지 않았다.

아침이다. 페이스북을 보면 "하늘이 맑다." "구름이 예쁜 날 좋은 하루 되세요." 등등 비슷한 내용의 글들이 많다. 하지만 난 아무 생각이 없다. 부정도 긍정도 없다. 단지 멍한 마음의 표현이랄까.

"그냥!"

소주 두 잔에 취했다. 한 시간째 옆에 앉아 있는 여인의 눈빛이 부담스럽다. 엄니다.

"사랑, 다 필요 없어야. 널 안쓰럽게 생각하는 사람이 진정으로 널 위하는 사람이여."

아무 말도 하지 못했다. 날 안쓰럽게 생각하는 사람이 좋은 사람이라니. 부정도 긍정의 말도 하지 않았다.

전화를 했다. 그리고 오래전 선을 본 여인의 안부를 물었다. 선배는 전화상으로도 당황한 듯하면서도 현재 나의 마음을 물었다. 그리고 여자의 전화번호를 보내왔다.

"거두절미하고 다시 만나 볼 거야?"

여자에게서 문자가 왔다. 저녁에 전화하겠다고.

10여 년 만에 노래를 보내온 여자는 전화를 받지 않았다. 그러려니 생각했다. 또 다른 10여 년 만의 그녀는 전화가 올 것인가?

노래의 느낌처럼 누군가를 만나는 횟수는 줄어들었지만
보고픈 사람을 향한 마음은 자꾸 내 두 눈에 이미지가 된다.

# 성실 목공소

수업 중 한 학생이 질문했다
"교수님, 성공하려면 어떤 힘을 길러야 할까요?"
"성공을 못해 봐서 잘 모르겠지만 하나는 알겠어.
'반복하는 힘, 즉 인내!
사는 동안 여러 번 질 거야.
그래도 지치지는 마."

 

 

산속 작업실에서 글을 쓰다가 정말 오랜만에 한 통의 전화를 받았다. 13일 만에 핸드폰 벨이 울렸으니 반갑다 못해 의아했다. 지인은 20여 분 동안 회사 생활의 고충을 털어놓았고 그 일들을 경험해본 난 할 말이 없었다. 하지만 지인의 말을 더 듣고 싶지 않아 딱 한마디 했다.

"때려 쳐."

지인은 바쁘다는 평계를 대며 6시에 00에서 만나자며 전화를 끊었다. 글 한 편 간신히 쓰고 지인을 만나러 산을 내려갔다. 까치 부부는 여전히 시끄럽고 양귀비꽃은 여전히 마음을 설레게 했다. 버스정류장 20미터 전, 눈앞에서 버스가 지나갔다. 다음 차는 20분 뒤에 올 것이다. 사람 한 명 지나가지 않는 버스정류장에 앉아 땅에서 부지런히 먹이를 나르는 개미들을 보았다.

"내가 잘 살고 있는 걸까?"

평생 빈 소리 한마디 안 하는 큰누나에게 전화를 했다. 혹시나 했는데 역시나 하는 첫마디.

"왜?"

"내가 잘 살고 있는 걸까?"

"오늘 글 썼니?"

"짧은 글 한 편 썼지."

"그럼 잘 살고 있는 거야. 회사원은 회사에서 일하고, 글 쓰는 사람은 글 쓰는 게 열심히 사는 거야. 알았지?"

1분도 안 되어 전화 통화는 끝났다.

오랜만에 유흥가에 나오니 정신이 없었다. 그러고 보니 한 달 동안 집과 작업실만 왔다 갔다 했을 뿐 그 누구도 만나지 않았다. 점점 사람 만나는 일도 줄어들고, 그리운 사람도 줄어들었다. 단지 다들 잘 지내겠지 하는 마음만으로 위안을 삼았다.

약속 시간이 되었지만 지인은 오지 않았다. 담배 서너 대를 피우다가 간판 하나가 눈에 들어왔다.

"성실 목공소."

유흥가에 목공소가 있는 게 의아했고 혹시 요새 특이하게 이름 짓는 카페들이 많아 의구심을 가지고 목공소로 걸어갔다. 정말 목공소였다. 60대 정도 될 법한 아저씨가 나무를 다듬고 계셨다. 일명 대패질. 다듬고 또 다듬고 한동안 문 앞에 서 있었다. 대패질을 하는 것인지, 나무를 껴안고 보듬는 것인지 구분이 안 될 정도로 몰입해 일을 하고 있었다.

'아, 기왕 무슨 일이든 할 거면 정말 열심히.'

지인을 만나 술을 마시는 동안에도 성실 목공소 아저씨의 모습이 뇌리에서 떠나지 않았다.

열심히 할 걸, 건강을 챙길 걸, 잘 살 걸, 긍정적으로 살 걸 등 '~걸'의 의미를 생각해 보았다. 왜 이리 많은 후회가 있는 걸까? 목수의 삶과 큰누나의 짧은 말을 되새겨보았다

열심히 할 것, 건강을 챙길 것, 잘 살 것, 긍정적으로 살 것 등 앞으론 '~것'으로의 삶을 살아야 겠다.

텅 빈 노트북의 모니터를 바라볼 때의
두려움과 막막함을 생각하면 못 할 게 아무것도 없다.
"성실!"
내 삶의 연인 이름이다!

# 니가 인생의 맛을 알아?

행복, 슬픔, 불안, 좌절, 행운,
퇴사, 외로움, 그리움, 설렘,
짜증, 우울, 미안, 고마움, 배신,
내려놓기, 비우기, 눈물, 사랑…
넣고 푹 우려낸 육수로 만든
국수 한 사발 지인들과 함께 먹고 싶다.

'현실.'

오랫동안 직장 생활을 했지만 식사는 항상 혼자 했다. 점심 시간이라도 맘 편히 식사하라는 배려의 뜻도 있고, 일적으로 만나는 사람도 차 한 잔 아니면 술 한잔을 했다. 하물며 10년 넘게 만나 지인과도 식사는 하지 않았다. 딱 식사는 식구하고만 했다. 이제 직장도 안 다니고 그리운 사람도 줄어들었으니 누군가와 밥 먹을 일이 없었다. 하물며 엄니하고도 식사하는 시간이 달라 따로 식사를 했다. 그리고 운동량도 없고 머리도 쓰지 않는데 식충도 아니고 뭐 그리 배가 고플까? 집에 있으면서 제일 듣기 싫은 한마디.

"아야, 밥 묵어야?"

어제 집에서 면벽술(酒)행을 했다. 한마디로 벽에 비친 내 그림자를 보며 술 마셨다. 엄니의 성격상 아니 술을 마시지 않는 분이니 해장은 생각지도 않았다. 식탁을 보니 김치찌개와 배추김치, 총각김치, 열무김치, 무짠지, 오이짠지 등등 한마디로 채소밭이었다. 긴 병에 효자 없다? 요새 하나 깨달은 긴 백수에 좋은 엄니 없다! 현실이니 받아들일 수밖에. 밥 한술 뜨는 둥 마는 둥 하고 소파에 누워 시체놀이를 하고 있는데 벨이 울렸다. 엄니는 경로당 가서 올 시간도 아니었고, 십중팔구 조카가 주문한 택배일 확률이 100퍼센트. 아니나 다를까 역시 택배기사였다. 한 가지 특이한 건 수령자가 바로 나였다.

물건 보낸 사람을 보니 서울 근교에서 누나 약국에서 일하는 친구였다. 며칠 전 취중에 전화통화를 한 기억은 있지만 무슨 물건을 보낸다는 말은 없었기에 좀 의아했다. 택배 포장을 뜯어보니 눈이 휘둥그레질 정도로 많은 약을 보내왔다. 그것도 내가 필요한 약은 어찌 알고 보냈을까? 간장약, 위장약, 비타민, 눈 피로 회복제, 오메가3는 그렇다 쳐도 요새 걷기 운동을 조금씩 한다는 말만 했는데 어찌 알고 먹는 근육통약과 바르는 약까지 보내왔다. 친구들끼리의 모임이 있는 날이면 만날 무식하다는 욕만 먹는 녀석인데 말이다. 서당 개 3년이면 풍월을 읊는다더니 약국 생활에 20년이 넘으니 어디 아픈 곳도 얘기 안 했거늘 조선시대 명의 허준이 따로 없었다.

"야, 선무당이 사람 잡어, 무식해도 한 20년 일하더니 약쟁이 다 됐네."

"반찬투정 하지 말고 밥 꼭 챙겨 먹어. 영양제는 내가 책임지마."


그랬다. 내 몸 생각해서 채소 위주의 식단을 차리는 엄니의 마음이나 건강 챙기라며 영양제를 챙겨주는 친구의 마음이야 매한가지일 것이다. 따뜻한 마음에 감사하고 투덜거림 없이 현실을 받아들여야겠다는 마음이 들었다. 조만간 몇 안 되는 그리운 이들과 인생의 모든 요소를 넣고 푹 고은 육수로 만든 국수 한 그릇 나누어야겠다.

지금 비는 때를 알고 찾아온 손님이다.

때를 알고 온 손님을 떠나보낼 때 서운함을 느낄 수도 있을 것이다.

나의 미래가 당신의 마음을 따듯하게 할 수 있다면….

# 백수 NO 박사 VS 무속인 노 박사

소리소문없이 다가오는 것들

지금의 나는 지나온 세월의 결과물일까?

내가 몰랐던 단 한 가지

순리(順理)

　몇 달 전, 일적으로 알게 되었다가 지인이 된 무속인 동생 노 박사를 만났다. 재취업도 안 되고 매일 집에 있는 것도 답답해 술김에 하소연을 했다. 동생은 잠시 눈을 감고 있다가 아무 걱정하지 말라는 말을 했다. 눈을 보았다. 항상 닮은 눈동자에 있다고 하지 않았던가.

"형님, 올여름 아무것도 하지 말고 참고 기다리셔유. 9월에 새로운 일이 생길 거예유."

"위로하는 소리지? 답답해서 물어본 것뿐이야."

"아니요, 형님 두고 보셔유 내 말이 틀리나 맞나. 그리고 형님은 2018년부터 2020년까지 평생 쓸 돈이 들어올 거예유."

"뭐 해서 돈이 들어오겠니. 취업도 안 되고 내년엔 편의점 알바나 고기 집 불판이라도 닦는 일이라도 할 참이야. 내가 식탐이 있는 것도, 자동차나 옷에 관심이 있는 것도 아니고 딱 내 용돈만 벌 셈이야."

"아이고~ 병원비가 더 나와유. 일단 올 여름은 더운데 집에서 푹 쉬시고 가을에 새 일이나 잘하셔유. 그리고 내년에 돈 버는지 못 버는지 함 보셔유."

동생의 진심 어린 조언에 웃음이 나와 농담 한마디 했다.

"나 결혼은 하겠니?"

"형님은 전생엔 선비였고, 이생엔 중 팔자라 결혼 못해유. 단 50대 초반에 한국 여자 말고 영어권 외국인하고 결혼해유."

"왜 영어권 여자야. 말이 통하겠니?"

"형님의 취약점이 영어 맞지유? 그 약점을 메워줄 여자하고 결혼해야 잘 살아유. 저도 일본어 못하는데 일본 여자하고 결혼했자나유."

귀신이 곡할 노릇이었다. 내가 영어 못한다는 것을 어떻게 알았을까? 그래, 신문에 칼럼도 쓰고, 홍콩, 중국 TV에도 나오는 등 8대째 무속인 집안의 전수자를 믿어보기로 했다. 설령 점괘가 틀린다고 해도 밑져야 본전 아닌가. 로또를 살 때의 마음으로 기다리기로 했다.

끝물 여름 더위에 옅은 졸음이 밀려왔다. 잠들기 일보 직전 핸드폰 벨이 울렸다. 받을까 말까 5초간 망설이다가 전화를 받았다. 평소 같으면 급한 전화도, 중요한 전화도 올 일도 없었기에 안 받고 나중에 확인했을 것이다. 하지만 일주일 만에 걸려온 전화이기도 하고 희한하게 누구의 전화인지 궁금했다. 20여 년 전, 시를 가르쳐주던 선배님이었다. 몇 년 만에 무슨 일로 전화를 다 하셨을까?

"야, 너 요새 페이스북 보니 집에서 노는 것 같은데 맞지?"

뜬금없이 전화해서 남의 아픈 곳을 찔렀다. 가뜩이나 자존감이 땅굴을 파고 있건만 애써 전화해 확인하는 심보란 무엇인가 말이다.

"네, 노는데요. 선배님은 잘 지내시죠?"

"안부는 나중에 얘기하고 한 가지만 물을게. 너 대학교 강의 한 번 할래?"

"특강이군요. 한 번이야 뭐, 하겠습니다."

"아니, 강의 한 과목 맡으란 말이야. 일주일 두 번. 내가 보기엔 직장인은 두 번씩이나 회사를 빠져야 하고 20년 경력에 글 쓰는 백수인 네가 딱이야. 지금 당장 결정해."

10초 동안 오만 가지 생각이 춤을 췄다. 과연 할 수 있을까? 저 과목으로 길게 할 수 있는 내용이 있을까? 교재도 없겠지? 그리고 대학강의를 하려면 최소 석사학위 이상일 텐데, 난 해당 사항도 없고… 정말 인생 최대의 결정을 당장 결정하라니 죽을 맛이었다. 결론은 에라이 모르겠다. 내가 죽든 네가 죽든 돌격 앞으로!

선배님과 전화를 끊고 나자 5분 후 학과장한테 전화가 왔다. 실전 수업으로 할 예정이고, 내 학벌을 얘기했다. 아무 문제없다는 답변이 돌아왔고 9월 1일에 학교에서 뵙기로 하고 전화 통화를 마쳤다. 자다가 봉창 두드린다더니 모든 일이 10분 만에 타결되었다. 번갯불에 콩 구워 먹는다는 말이 이럴 때 쓰인다는 것을 새삼 느끼게 되었다.

걱정 반, 기쁨 반인 마음으로 집에서 술 한잔하고 있을 때 무속인 동생에게서 전화가 왔다.

놀아줘!!!

"형님, 잘 지내시쥬? 요새 무슨 일 없어유?"

좀 전에 일어난 일을 동생에게 설명을 했고, 얼마 전에 출판사와 새 책 계약한 일과 1년 전에 낸 책이 영화사에 원작 판권이 팔렸고 시나리오 각색 작업까지 하게 되었다는 이야기를 빠짐없이 했다.

"그거 봐유, 내가 가을 되면 새로운 일이 생길 거라고 했잖유. 내년에 새 책 하고 영화가 형님 돈 벌게 해줄 테니 두고 보셔유?"

"아~ 동생 그러면 한 가지만 더 묻겠는데, 정말 50대 초반에 백인 여자하고 결혼하는 거야?"

"아이고 형님, 내가 언제 백인이라고 콕 짚어 말했남유? "영어권"이라고 했잖아유?"

그랬다. 말을 똑바로 하랬다고 동생의 말이 맞았다. "권"
이란 단어에 방점이 있었다. 필리핀도, 하와이도, 괌도 모두
영어권이 아닌가. 그럼 그렇지, 내 팔자에 무슨! 지금 내 상
황이면 결혼을 했어도 이혼당했을 판에 잠시나마 결혼의 꿈
을 꾸었던가. 전화통화를 끝내고 나도 모르게 피식 웃음이
나왔다. 여하튼 동생의 말대로 새로운 일에 도전하게 되었다.
세상에서 가장 멍청한 선생의 앞날이 무척 궁금해지기 시작
했다.

내 인생의 한 단어 '간신히.'
진심어린 조언은 언제나 희망을 동반한다.
내가 할 수 있는 것은 간절한 마음이 담긴 기다림뿐이었다.

# 그리움엔 대체품이 없다

그는 10년 동안 바람을 피웠다
그녀는 10년 동안 바람을 막았다
아이는 10년 동안 바람을 먹었다

바람을 피웠던 그는 어느새 바람과 함께 하늘나라로 떠났다
바람을 막았던 그녀는 가끔 마음속 바람 문신을 꺼내 보았다
바람을 먹었던 아이는 어느덧 바람을 피할 섬이 필요한 나이가 되었다

겨울 바닷바람에서 그의 냄새가 났다
겨울 파도에서 그의 목소리가 들렸다
숨을 곳이 없었다
나는 천천히 울기 시작했다

제주도 숙소에서 술 한 잔을 마시며 글을 쓰고 있을 때 한 통의 전화가 왔다. 제주도에 오면 전화를 걸 때나 가끔 문자메시지 확인할 때만 전원을 켰다. 사람 만나는 직업에 종사했고, 지인들과의 술자리 등 사람들 사이에서 부대꼈는데 이곳까지 와서 사람들에게 시달리기는 싫었다. 암만 봐도 스스로 켜진 것도 아닐 테고 아마도 바지 주머니에 넣고 있다가 켜진 듯했다. 여하튼 아주 가끔 글이 잘 써지는 날이 바로 오늘인데 흐름이 뚝 끊겨버렸다.

"나 00감독이에요. 잘 지내죠? 동쪽 바닷가는 바람 많이 불죠?"

"걷기도 힘들어요. 주차된 차가 흔들릴 정도예요. 숙소 앞 카페에 노트북 메고 글 쓰러 가려다가 날아갈 뻔했어요. 정말 왜 제주도가 조선시대 때 유배지였는지 알 것 같아요."

"잘 됐다. 예전에 제가 찍고 있다는 독립영화 기억나지요?"

"예, 근데 왜요?"

"그 영화 주제가 바람이에요. 예전에 저하고 술 마시다가 출연해주기로 한 거 기억나지요? 이번에 제주 온 김에 영화에 출연 좀 해주세요. 그리고…."

전화를 끊고 한참을 기억을 더듬어 보니 희미하게 기억이 났다. 즐겁게 술을 마시다가 술김에 말한 것인데 기억하고 계셨다니 갑자기 얼굴이 화끈거렸다. 연기를 해 본 적도 없고 내가 쓴 글도 가물가물한데 대사를 외운다는 것은 있을 수도 없는 일이었다. 하물며 내가 연기할 대사를 직접 쓰라고 하니 난감할 따름이었다. 결국 대사는 감독님이 쓰기로 했고 며칠 후 촬영하기로 약속을 했다.

영화 촬영을 하기로 한 아침이 되니 왠지 불안했다. 정말 감독님이 대사를 써올까? 단역이라 대사가 짧을 테지만 외워서 연기를 할 수 있을까? 대사를 외울 수 있는 시간을 벌 수 있겠다는 마음과 감독님 안 써올 것 같은 불안한 마음에 결국 몇 자 적기 시작했다. '바람'이란 제목을 써놓고 술 한 잔을 마셨다. 문득 아버지의 얼굴이 떠올랐다. 그리고 40년 전 일들이 어제 일처럼 스쳐갔다.

아버지는 10년 동안 바람을 피웠다. 엄니는 그 바람을 필사적으로 막았고, 가정을 챙겼다. 그렇다고 아버지가 가정을 나몰라라 한 건 아니었지만 형제들의 얼굴에 어두운 가면이 씌워졌다. 한마디로 아버지에겐 인생의 전성기였고, 나머지 가족에겐 흑역사였다. 바람이 멈출 때쯤 아버지의 경제 능력이 바닥을 쳤기에 가족에겐 또 다른 고통의 바람이 찾아왔다. 그때도 엄니는 또 다른 바람을 온몸으로 막았다. 몇십 년이 지난 어느 날, 친척 잔칫집에 함께 갔다가 약주가 얼큰하게 취한 아버지는 집 앞에서 처음으로 사과를 했다.

"내가 옛날에 잘못했다. 정말 미안하다. 용서해줘라."

말문이 막혔다. 난 아무 말도 하지 못했다. 엄니와 형제들에게 아버지의 말을 전했지만 아무 말도 하지 않았다. 그리고 몇 달 뒤 아버지는 급작스런 병이 생겨 하늘나라로 떠나셨다.

오후가 되자 감독님이 오셨다. 먼저 대사를 써오셨냐고 물었다. 역시나 예상대로 대사를 써오지 않았다. 내가 쓴 대사를 보여주고 조마조마한 마음으로 감독님의 표정을 살폈다. 그런데 예상 외로 매우 만족해하는 것이 아닌가.

"역시 다른 방법으로 접근할 거란 내 예상이 딱 맞았네요."

곧바로 촬영에 들어갔다. 겨울바람이 걸을 수 없을 정도로 부는 바닷가로 나갔다. 난 마시다가 남은 소주 반병을 들고 갔다. 하늘을 보고, 파도 소리를 들으니 더욱더 심장이 뛰기 시작했다. 무슨 깡다구였을까? 소주 마시면서 해도 되냐고 감독님에게 물으니 뜻밖에도 오케이 사인이 떨어졌다.

의외로 많은 장면을 찍었다. 막상 대사를 할 때는 마음이 차분해졌다. 하물며 단지 너무 거센 바람 때문에 눈물을 하염없이 흘리며 연기를 했는데 감독님은 매우 흡족해했다. 그리고 각본에 없는 장면까지 즉석에서 만들어 하고 싶은 아무 말이라도 괜찮으니 하라고 했다.

"저 요새 가슴이 답답해 죽겠어요. 아버지 무슨 말이라도 좋으니 한마디만 해주세요. 앞으로 어떻게 버텨야 할까요? 대답 좀 해보세요, 아버지?…."

대사를 외워서 할 때보다 마음이 더 차분해졌다.


그랬다. 영화 촬영이 끝나고 바닷가에 앉아 소주를 마시자 옛날 생각이 났다. 아버지의 전성기와 그 후 평생을 후회하시며 산 그 마음이 어땠을까? 동병상련이랄까? 나 또한 직장생활을 관두고 전성기가 지난 삶을 살고 있지 않은가. 한마디로 허탈감과 심한 자괴감의 반복이랄까?

나에겐 숨을 곳이 없었다. 나만의 섬이 필요했다. 마지막으로 툭 튀어나온 대사 한마디.

"그래도, 그래도 당신이 보고 싶어요!"


잠들지 않는 그리움!
눈아! 너는 그리움을 알고 있니?

# 가장 친한 친구는 내 그림자다

면벽(面壁) 수행?
면벽 술(酒)행! 숨어 있기 좋은 방, 홀로 벽 보며 술 마신다.
조금씩 생각이 많아진다.
불쑥! 세월이 흐를수록 더 유혹이 많아진다!

술잔에서 별이 뜨는 밤.
별밭에서 시를 읽는 밤.

가장 친한 친구는 내 그림자다.

3일째 엄니와의 대화가 중단되었다. 내 기억으론 태어나서 처음 겪는 일이었다. 사건의 시초는 '말'과 '술'이었다. 며칠 전 한 달 만에 외출을 했다. 단둘이 만나서 한잔하는 자리인 줄 알고 나갔는데 여러 명의 사람들이 있었다. 명함을 주고받고 통성명을 하고 서로 다른 주제로 이야기를 나누었다. 한마디로 정신이 없었다. 영혼 없는 술잔을 들고 건배를 하다 보니 주량 체크도 못 했을뿐더러 재미도 없었다.

아침에 눈 뜨니 몸과 속이 모두 부대꼈다. 점심때까지는 티 안 내고 잘 참았지만 도저히 힘들어 참기가 힘들었다. 소주 한 병과 오이 한 개, 방울토마토를 안주 삼아 딱 한 잔 마셨을 때 엄니가 방에서 나오다가 그 모습을 보고 한마디 했다.

"아따 징한 것이 술 귀신이 들렸나? 낮부터 또 마시네!"

"백수의 유일한 특권이야. 신경 꺼주세요."

"그러니 니가 결혼 못 하는 것이여. 일찍 죽고 잡냐?"

"여기서 결혼이란 말이 왜 나와. 결혼할 맘도 없고 나 안 살고 싶어. 이번 책만 쓰고 몇 년 빈둥빈둥하다가 죽을 거야!"

"니 맘대로 혀. 지 조상들이 술 땜시 다 죽은 걸 모르는 것이여. 자식이 아니라 웬수가 따로 없당께."

오늘처럼 엄니의 단호한 발언은 처음 들었다.


그랬다. 세상에서 '말'처럼 쉬운 게 없다. 성질나는 대로 뱉으면 그만이다. 하지만 항상 말은 내뱉은 그다음이 문제인 걸 모르지는 않지만 오늘은 이미 엎질러진 물이었다. 그것도 부모 앞에서 "살고 싶지 않다"고 말했으니까 말이다. 여하튼 그날은 애써 모든 상황을 외면하기 위해 술을 잔뜩 마셨다. 그리고 3일째 남북 대화 단절, 부부싸움, 절교 등 어떤 단어보다 센 침묵의 강이 흘렀다.

3일째, 답답했다. 여기서 물러서면 앞으론 100전 100패가 뻔했다. 지갑을 보니 1만2천 원이 있다. 동전 저금통을 털었다. 2만 원의 총탄이 생겼다. 낮 12시, 문득 얼마 전 새벽 운동 하다가 본 식당이 생각났다. 식당 외견상 일단 가격이 싸 보였다. 간판 이름에서 '속풀이'도 아니고 '속푸리'라고 발음 나는 대로 쓴 간판도 정감이 갔다. 또한 이렇게 일찍 오픈하는 식당 이 있나 싶어 무작정 집을 나섰다. 10분 걷는 동안 내 그림자 를 보았다.

'언제나 내 곁에 있으면서 묵묵히 바라봐 주는 건 너뿐이 구나!'

손님은 4명. 주위 공사장에서 일하는 사람들이 점심식사를 하고 계셨다. 예상대로 음식 가격은 엄청 저렴했지만 내가 주 문한 음식은 20분 걸린다는 70대 주인아주머니의 말에 다른 손님들과 똑같은 음식을 주문하자 5분 만에 음식과 술이 나왔다. 돼지고기 김치찌개. 술 한잔하다가 선배에게 전화해 요 며칠 일을 이야기했다.

"내 나이가 내일모레면…."

전화를 끊고 벽을 보니 손으로 한 자 한 자 쓴 글귀가 보였다.

### 일상의 5가지 마음

1. '고맙습니다'라는 감사의 마음.
2. '미안합니다'라는 반성의 마음.
3. '덕분입니다'라는 겸허한 마음.
4. '제가 하겠습니다'라는 봉사의 마음.
5. '네, 그렇습니다'라는 유순한 마음.

식당 아주머니께서 지은 글이라고 생각하지는 않았지만 많은 걸 생각하게 만들었다. 저 글을 써 붙여 놓았다는 건 생각을 행동으로 옮기겠다는 뜻이 아닐까? 내가 밥을 안 먹으면 똑같이 밥을 안 드시는 엄니의 얼굴이 떠올랐다. 오직 나만을 위해 이 땅에 오신 신(神) 아니신가.

"얼마예요?"

"9천 원입니다. 내일모레면 00이라는 전화 통화 내용 들었어요. 내 자식들과 비슷한 나이네요. 언제든 마음 불편할 때 오세요. 안 오는 게 더 좋구요. 그래야 엄니와 안 싸웠을 테니까요."

오늘 밤 난 벽을 보면서 술을 마신다.
스탠드를 켜니 내 그림자가 벽에 보인다.
말 없는 너, 대답 없는 너, 항상 내 곁에 있는 너.
내 그림자가 가장 편하다!

면벽 술(酒)행!

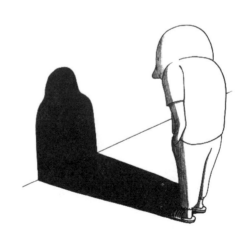

# 엄니가 생겼다

바람은 지나가고
세월은 흘러가고
인연은 떠나간다

항상 뒷모습만 보여주는 것들

때론 섭섭한 마음도
배려가 된다


    아침 걷기 운동을 하고 오니 피곤했다. 아침 식사를 하고 잠시 눈 감았다가 일어나려고 했는데 눈뜨니 12시가 넘어 있었다. 그것도 모기가 한 마리가 나쁜 피를 빨아먹는 바람에 깨어났다. 낮잠도 아니고 이 무슨 꼴인가? 그런데 더 한심한 건 잠만

3시간 자고 일어났는데 배가 고팠다. 평소에 같으면 1일 2식도 겨우 할 정도로 식탐도, 입맛도 없었는데 말이다. 하여튼 오늘은 몇 년에 한 번 있을까 말까 한 별스러운 날이었다.

몇 안 되는 좋아하는 음식 중 하나인 자장면이 땡겼다. 솔직히 사람이 보고 싶었다. 아침 운동 때도 사람들을 보지만 90퍼센트 이상이 60대 이상인 동네 어르신들이었다. 한마디로 젊은 사람들이 보고 싶었다. 옷차림과 외모 상태가 애매했다. 말이 동네 중국집이지 족히 10분은 걸어가야 했다. 점심시간도 지났고, 옷 갈아입기도 귀찮았다. 민머리인 머리와 턱수염도 면도한 지 일주일이 지나 도를 닦는 사람처럼 덥수룩했다. 하지만 후천성 게으름이 도져 그냥 집에서 입던 반바지 차림에 슬리퍼를 질질 끌고 중국집에 갔다.

이게 무슨 날 벼락인가. 중국집 안이 동네 회사원들로 꽉 차 있었을 분더러 일제히 나에게로 시선이 몰려들었다. 여하튼 미리 식사를 하고 있던 옆자리 사람보다 빨리 먹고 밖으로 나왔다. 모기 물린 곳이 많이 부풀어 올랐다. 벌레 물린 데 바르는 약을 사러 약국에 들렀다. 여기도 마찬가지였다. 약국 2층에 병원이 있다 보니 동네 아픈 사람들이 죄다 약을 사기 위해 순서를 기다리다가 나에게 시선이 몰려들었다. 약국에서 나와 동네 마트에 들렀다. 화이트와인 한 병 사서 여유로운 오후를 보낼 참이었다. 동네 아주머니들이 인산인해를 이루고 있었다.

남자 손님은 나 한 명뿐이었고, 술을 사러 온 사람도 나뿐이었다. 한참을 줄을 서 계산을 마치고 비닐봉투를 달라고 하니 콩나물 같은 것 담는 손잡이 없는 봉투를 주는 것이 아닌가? 손잡이 달린 봉투를 요구하자 직원이 한마디 했다.

"50원인데 드릴까요?"

"됐습니다. 한 병인데 그냥 들고 가죠."

술병 한 병과 버블리 한 통을 손에 들고 집으로 향했다. 동네 지나가는 사람들이 쳐다보았다. 집 바로 앞 경로당을 지나치려는데 어르신들이 삼삼오오 몰려나왔다. 아마도 점심 식사를 하러 가시는 모양이었다. 역시 모든 어르신의 시선이 나에게로 몰려들었다. 하지만 단 한 분만 나와 시선이 마주치자마자 고개를 돌렸다. 왼손엔 술병, 오른손엔 버블리 한 통과 담배를 들고 멀어져가는 어르신들의 뒷모습을 멍하니 바라보았다.


그랬다. 집에 들어와 와인을 마셨다. 내 모습이 창피했던 것일까? 처음엔 화가 났지만 한 잔 두 잔 술이 들어가자 약간씩 생각이 바뀌었다. 예전에 엄니가 한 말이 생각났다.

"경로당 000 아들이 대기업 다니고, 000 딸과 아들이 미국에서 부자로 잘 산다고 하지만 난 하나도 안 부러워야. 내 아들이 지금은 편집장에서 물러났지만 책도 내고, 그 짧은 공부로 대학에 강의도 나가잖여. 그것보다도 난 자식이랑 매일 밥도 먹고, 잠도 자고 긍께 매일 귀한 내 자슥 얼굴 볼 수 있응께 내가 제일 행복한 사람이여."

엄니는 나의 자존심을 지켜주고자 했던 것이 분명했다. 내 모습이 창피한 것이 아니라 내가 창피해할까 봐 애써 외면했다는 생각에 이르니 부끄러웠다. 그러나 화장실에서 보니 반바지를 뒤집어 입고 있었다. 그래도 좋게 생각할 수밖에.

백수적인 삶!
때론, 무심함에 섭섭해질 때가 있지만
깊은 배려가 될 때도 있구나.

# 아무도 울지 않는 연애는 없다

- 늙은 아이의 찌질한 연애학 개론 1 -

나무는 돌아보면서 가지를 뻗고
강물은 돌아보면서 흐르고
연인은 돌아보면서 떠나고

너에게로 간
내 마음이 돌아오지 않는다

눈이 자꾸 온다
눈이 자꾸 온다

많은 시간이 한 곳으로 흘렀지만
거짓말처럼 슬픔이 절반도 접히지 않았다

- 중독은 그리움을 낳는다

남쪽 바다에 노을이 지고 고깃배들이 서울의 한강대교처럼 줄지어 서 불빛을 밝히면 여행객들이 하나둘 모여들었다. 예약한 손님들이 모두 모여 저녁 술자리가 시작되었다. 20대 여자 3명과 30대 중반 2명, 20대 2명과 30대 초반 남자 2명이 술자리 멤버였다. 각자 자기소개를 간략하게 하고 여행지 정보를 나누었다. 술자리가 점점 무르익어 가자 왜 여행을 왔고, 자기 속마음을 조금씩 털어놓기 시작했다.

하지만 내 앞에 앉은 혼자 온 20대 여자는 처음부터 그늘진 표정으로 사람들의 이야기만 들을 뿐 술만 계속 마셔댔다. 앞에 앉은 나도 뻘쭘해져서 답답했지만 이곳에서는 나이 들었다고 훈계하는 투로 떠들거나 오지랖을 떨면 꼰대나 주책, 진상이라는 소리를 듣기에 입을 닫고 있다가 조심스럽게 말을 건넸다.

"00님은 어떻게 혼자 여행을 오게 되었나요?"

"아, 네 생각을 정리할 게 있어서 혼자 왔어요."

목소리 톤과 말을 할 때 표정을 보니 대략 감이 왔지만 선무당이 사람 잡을 수도 있고, 먼저 질문하지 않으면 대답을 하지 말자는 나름 원칙을 가지고 있기에 더 이상 질문을 던지지 않았다. 그런데 좀 전부터 취기가 오른 30대 남자가 혹 남친하고 헤어진 거냐며 농담조로 물었다. 00은 대답을 하지 않고 웃음으로 넘겼고, 30대 남자는 다시 다른 쪽 사람들과 이야기를 나누었다. 하지만 00의 표정은 점점 어두워졌고 금세라도 눈물 한 방울이 떨어질 것 같았다. 30대 여자 한 명도 아까부터 00의 표정을 곁눈질로 살피고 있었다. 난감했다. 슬픈 예감은 틀리지 않았다.

"남자 친구하고 헤어졌어요. 제가 찼는데 여행 와서 깨끗하게 마음 정리하고 새 마음으로 열심히 일하려구요."

00이 불쑥 나에게 말하며 애써 미소를 지어 보였다. 나 또한 00의 기분을 돋우기 위해 한마디 했다.

"누군지 몰라도 남자친구 의지가 약하네. 이렇게 멋진 여친을 끝까지 잡았어야지."

그때 내 지인이 한마디 했다.

"어라, 이 형님이 예전에 한 연애 하셨죠. 그리고 얼마 전엔 00에서 연애학 개론 강의도 했어요."

술자리가 끝나고 남자 여행자들은 2차를 하러 외출을 했다. 여자 여행자들에게 함께 가자고 간절하게 권유했지만 무슨 일인지 여자 여행객들은 모두 방으로 들어갔다. 파티 룸에 혼자 앉아 술을 마시고 있었다. 잠자러 들어갔던 00과 30대 여자 여행자들이 다시 나왔다.

"어, 자러 들어가지 않았나요?"

"남자 여행자들하고 2차 가면 술 마시고 노래 부르고 뻔하잖아요. 아, 그리고 아까 지인들이 연애학 개론 강의하셨다는

데 그 이야기 들려주시면 안 되나요?"

이번엔 30대 여자 여행자들이 적극적으로 나섰다.

"별 거 없는데, 그럼, 함께 서로 의견 나누지요. 일단 오늘 제가 드리는 말을 직접 경험한 것과 지인들의 얘기를 듣고 100퍼센트 인정하는 것입니다."

잠시 후 나머지 두 명의 여자 여행객도 함께 자리했다.

그렇게 해서 '우리는 적군이 아니라 아군이다'라는 큰 주제로 한여름 밤의 '연애 끝장 토론'이 시작되었다. 출연자는 20대 초반 1명, 중반 00, 30대 중반 2명, 그리고 나. 여하튼 주고받은 대화 내용을 정리해 보면 다음과 같다(내 경험에 의한 것만 정리해 보았다).


1. 우리는 왜 마음에 드는 사람을 만나기가 어려운가?

Q : 나이를 먹고 보니 괜찮은 남녀는 벌써 채어갔다?

A : 단지 외모와 나이 어리다는 이유로 이성을 만나지 않는다. 맘에 드는 사람을 만날 확률이 떨어졌을 뿐이다.

어떻게 이성을 만날까요? 소개팅!

가장 현실적인 방법일 것이다. 그런데 막상 소개팅에 나가보면 "결혼 안 한 사람이 나오는 것이 아니라 결혼 못한 사람이 나온다." 그러나 곰곰 생각해 보자. 우리가 너무 기대를 많이 한 건 아닌지. 그리고 소개팅엔 단시간에 상대방을 파악해야 하는 단점이 있다. 우리는 톰 크루즈나 샤론 스톤처럼 10분 안에 이성을 내 것으로 만드는 치명적인 매력이 없다.

Q : 그럼 어떤 마음으로 소개팅하거나 이성을 만날까?

A : 요구 사항이 많다. 외모, 경제력, 학력, 체력에 유머까지. 욕심을 부려선 안 된다. 한두 가지는 포기하자. 정 포기가 안 되면 거울을 보라. 세월이 흐른 만큼 내 얼굴도 변했다.

Q : 총체적으로 소개팅을 해야 할까?

A : 동네 어르신들이 주선하는 소개팅은 피하라. 일단 상대방 스펙의 50퍼센트 이상이 말과 다르다. 세 번 만나 볼 필요 없다. 한 번 술 마셔보면 다 드러난다. 단 너무 늦게 들어가면 부모님의 기대감이 상승하니 조심하기를. 결혼업체는 잘 생각해 보라. 굳이 저렴한 내 등급을 확인할 필요 없다. 마지막으로 내 주위의 사람을 달리 보자. 나에겐 10등급 중에 9등급이지만 다른 사람에겐 2등급이 될 수 있다.

술자리가 점점 흥미로워졌다. 이야기를 나누다 보니 한 가지 알게 된 건 30대 여성 여행자 두 분 모두 솔로였다. 자연스럽게 노처녀, 노총각, 즉 결혼 못한 '늙은 아이들'생활로 주제가 흘러갔다.

## 2. 남자가 바라보는 '늙은 아이들', 그리고 그들은 어떤 생각을 하는가?

### Q : 노총각이 바라보는 노처녀?

A : 일단 노총각보다 훌륭하다. 돌싱은 더 훌륭하다. 학벌, 능력 모두 빵빵하다. 그러니 당당할 수밖에? 쿨하게 인정한다. 남자들이 눈에 차지 않는 이유이기도 하다. 또한 비집고 들어갈 틈을 주지 않는다. 한마디로 상처받지 않을 권리로 무장하고 있는 듯하다. 솔로끼리 뭉쳐 다니지 말자. 한 명도 감당하기 힘든데 친구들까지 가세하면 남자는 나자빠진다. 세월을 무시하지 말자. 거울아, 거울아 세상에서 누가 제일 예쁘지? 당신은 더 이상 여신이 아니다. 남들이 말하는 '동안'이라는 단어에 속지 말자. 막상 그 나이의 사람과 비교하면 풍기는 뉘앙스가 다르다.

### Q : 노총각들의 생각과 생활은?

A : 일단 아무 생각을 하고 싶지 않다. 일적인 생각만 할 뿐 점점 게을러지고 단순해진다. 친구도, 문화생활도 귀찮다. 가끔 찌질한 행동을 할 뿐 그 이상도 이하도 아니다. 영화 〈나도 아내가 있었으면 좋겠다〉를 보면 눈으로 확인할 수 있다. 그리고 연애할 때는 〈섹스 앤 더 시티〉의 사만다를 원하고 결혼할 때는 샬롯을 꿈꾸는 게 남자다. 마지막으로 그 정도 나이 먹었으면 아파트나 최소한 전셋값은 있겠지 하는 기대감을 버리자.

한마디로 드라마 〈신사의 품격〉에 나오는 주인공들은 현실에선 아주 드물다.

Q : 남자들이 싫어하는 여자 금기 사항?

A : 연애를 시작하기 전에는 무엇을 하든 자기는 쿨한 남자라고 말하지만 연애가 시작되면 180도 달라진다. 음주, 흡연, 연예경력, 사교력, 남자들과의 술자리, 늦은 귀가, 음담패설, 일 욕심, 쌩얼 남발…은 NO. 한마디로 드라마 속에나 등장할 법한 요조숙녀를 원한다. 과연 남자들은 저 금기 사항에서 자유로울까?

Q : 남자들은 음식에 둔한 편이다?

여자들에게 있어 음식은 음식 그 이상이다. 특히 음식을 먹는 장소도 중요하다. 하지만 남자들은 다양하게 선택할 수 있는 음식의 종류를 선호하는 편이다. 한마디로 프랑스 레스토랑을 가느냐, 음식 종류가 많은 김밥 천국에 가느냐, 기사식당의 맛이냐를 비교하면 될 것이다. 남자들이 김밥천국을 정말 천국이라고 생각할까? 일리가 있는 말이다.

한참 즐겁게 대화를 하고 있는데 갑자기 00의 눈에서 눈물이 떨어졌다.

"저 실은 남친에게 차였어요. 그 자식하고 3년 사귀었는데, 취직하더니 다른 여자에게 가버렸어요."

짐작은 했다. 20대 중반의 여자가 혼자 바닷가에 여행 왔다고 했을 때 설마 했는데 역시나였다. 일 년에 한두 달 정도 이곳에 묵다 보니 이른 아침에 혼자 바닷가를 거니는 사람을 많이 보았다. 그리고 술 한잔하다 보면 대략 70퍼센트 정도는 내 짐작이 맞아떨어졌다. 내가 연인을 찼다면 혼자 마음을 정리하러 여행을 왔을까?

'아무도 울지 않는 연애는 없다. 사랑, 이별은 청춘의 특권? 개뿔! 그리움에는 면역력이 없으니까!'

00의 울음이 잦아들고 다시 술 한잔할쯤 2차를 나갔던 남자 여행자들이 돌아왔다. 그리고 한 자리에 모여 있는 우릴 보고 의아한 표정과 아쉬운 표정을 지었다. 밤이 많이 깊었고 내일 여행을 해야 할 사람들이기에 그만 술자리를 접기로 했다.

"내일도 여기서 묵으시나요?"

"네, 한 달 정도 있을 것 같아요. 아직 절반도 이야기를 못 했는데 아쉽네요."

"근데 법사님은 좋은 여자 만나 행복하게 사시나요?"

앗, 드디어 올 것이 왔다. 나 자신도 결혼 못했으면 주저리주저리 주접을 떨었으니 말이다. 그렇다고 헤어지는 게 무섭고, 책임지는 게 두려워 결혼을 못했다고 솔직히 말하기도 뭐

하고 참 난감했다. 하지만 이 정도 살다 보면 총알도 낯짝을 뚫지 못할 정도로 두꺼워지지 않았는가. 애써 못들은 척 화제를 다른 쪽으로 돌리면서 마지막 술잔을 들고 건배사를 외치며 자리를 마감했다.

"마지막으로 한마디만 더 할게요."

"만나자, 사랑할 시간이 부족하다. 이러지도 저러지도 못할 때 청춘은 간다."

# 우린 적군이 아니라 아군이다

- 늙은 아이의 찌질한 연애학 개론 2 -

봄에 꽃이 피고
가을엔 단풍이 드는 것과 달리
우리는 자신의 생각에 너무 관대하다.

"요새 여자들은 너무 기가 너무 세요?"
"넌 참 기가 약해서 좋으시겠어요."

"요새 여자들은 눈이 너무 높아요?"
"너나 눈 실컷 낮추세요!"

이성간의 관계는
직선이 아니라 곡선이다
우리는 서로 만나야 한다.

"법사님 계세요?"

밖에서 담배를 피울 수도 없을 정도로 바람이 거세게 불어 머리끝까지 이불을 뒤집어쓰고 "여긴 관광지가 아니라 유배지"라고 투덜거리고 있을 때 낯익은 목소리가 들렸다. 이런 날씨에 이곳까지 날 찾아올 손님이 있을 리도 만무했고, 그것도 여자라니 뜬금없다는 생각이 들었다.

정말 뜬금없었다. 이틀 전 쓸데없는 '찌질한 연애학 개론'썰을 풀었던 30대 중반 여성 여행자 두 분이었다. 양손에 바나나와 딸기 등 과일과 음식을 잔뜩 들고서 말이다.

"오늘 저희도 여기서 묵으려고 왔어요. 법사님 연애학 개론도 다 들을 겸 해서요."

서쪽으로 갔던 여행자분들이 숙소 예약을 깨고 정말 이곳에 나타났다. 별일이었고 한편으론 난감했다. 별 대수로운 내용도 아니고 난 술 한잔이 안 들어가면 말발이 잘 서지 않기 때문이었다. 하지만 모든 게 한 방에 해결되었다. 또 다른 여성 여행자분의 가방에 와인 및 소주가 가득했다. 그렇게 해서 우리의 한여름 낮의 '끝장 연애 토론'이 시작되었다. 한 잔 두 잔 술이 들어갔고, 이틀 전 만나 몇 시간 동안 이야기를 나누었기 때문인지 이야기는 점점 사적인 부분으로 영역을 넓혀 갔다. 단 오늘 이야기에도 사심은 없고 상대를 폄하할 생각이 없다는 조건을 달고 즐겁게 술을 마셨다. 이날 우리가 나눈 대화는 다음과 같다.

1. 솔로인 우리들이 알아두어야 할 것들

Q : 어떤 사람을 만날까?

A : 돈 많은 사람, 예쁘고 잘생긴 사람, 말 잘 통하는 사람? 이중 가장 만나기 힘든 사람은 말 잘 통하는 사람이다. 그 꿈을 버려라. 오죽하면 선배들이 언어는 통하는데 말이 안 통하는 이성을 만나느니 언어는 잘 안 통해도 마음은 통하는 외국

사람을 만나는 게 낫다고 하지 않던가. 그래도 포기가 안 된다면 나하고 똑같은 사람 한 명 더 만난다고 생각하면 생각이 좀 달라질까나. 가장 참기 힘든 사람은 어쩌면 나일지도 모른다.

Q : 가슴 뛰는 사람을 만나고 싶다?

A : 100미터, 1,000미터를 뛰면 곧 죽을 것처럼 가슴이 뛰다가도 어느 순간 정상으로 돌아온다. 심장이 계속 뛴다? 병원에 가보길 바란다. 심장병이 의심된다.

Q : 사람 눈치 보지 말자?

A : 서로에 맞추려고 노력한다? 시대가 변했다. 사랑의 힘으로 서로의 마음을 맞추려다가 홧병 날 수도 있다. 여자도 능력이 있다면 먼저 남자를 정복하라.

Q : 프로 불참러가 되자?

A : 예식장이나 각종 경조사에 참석하는 횟수를 줄이자. 한마디로 축의금 회수하겠다는 생각을 버리자. 차라리 그 돈으로 저금을 하거나 보약을 사 먹자. 일찍 시집간 친구들은 집안일 핑계 대고 안 올 확률이 높다. 특히 돌잔치 전화 오면 욕해라. 이 순간부터 제일 소중한 건 나다.

Q : 늙은 아이들을 심심풀이 땅콩으로 생각하는 자를 이기는 방법?

A : 명절, 집안 잔치, 지인 모임 등에서 화젯거리가 떨어지면 우리에게 깔때기처럼 우리를 겨냥한다. 그냥 귀담아듣지 마라. 그래도 안 되면 과감하게 한마디 하자. 요샌 돈 없으면 결혼 못해요. 한 3천만 원만 화끈하게 기부해 주세요. 세상 누구에게든 돈은 가장 강력한 지랄탄이다.

Q : 넌 눈이 너무 높아?

A : 귀신 씻나락 까먹는 소리 하지 마라. 넌 눈높이를 낮춰서 지금의 배후를 만났는가? 당신 배후자에게나 그 말 해라. 그리고 눈 낮춰 결혼해 지금 행복한가? 당신 아내에게, 남편에게 꼰지르면 그 순간부터 당신 집안은 전쟁이다.

Q : 술 마실 때 정신 똑바로 차리고 먹자?

A : 많은 사건 사고가 술 때문에 발생한다. 나에겐 상대방의 소중한 인생을 파괴할 권리가 없다. '술김에'라는 말을 하며 후회하지 말고 차라리 '혼술'해라. 우리의 인생은 한 번뿐이라는 걸 명심하기를.

Q : 본인 능력 있다면 하향 지원도 괜찮다?

A : 한두 가지만 포기하면 의외로 괜찮은 사람이 많다. 한

예로 프랑스 남자를 보라. 그들은 경제적 능력이 없으면 온몸을 다 바쳐 상대방을 배려하고 하트를 마구 쏘아댄다. 한국 남자들이 특히 배워야 점! 즉, 한 가지를 포기하고 권리를 행사하는 게 나을 수도 있지 않을까? 선택은 당신의 몫이다.

Q : 누가 뭐라 해도 나만큼은 내 삶을 부정하지 말자!

A : 부모에게서 독립해 행복하고 떳떳하게 살겠다고 마음먹었던 초심을 잃지 말자. 지금 내 삶이 그토록 당신이 원했던 삶이다.

2. 그 나이에 맞는 멋스러움이 있다!

Q : 지금 이 순간 몸이 예전만 못하다는 생각은 잊자!

A : 진정 몸이 안 좋더라도 모임 자리에서는 말을 삼가자. 그 말을 내뱉고 난 후의 지인들의 반응을 익히 잘 알고 있지 않은가. 그 스트레스를 견디며 분한 마음에 몇 날 며칠 잠 못 들 바엔 차라리 운동하고, 건강검진 잘 받고, 문화생활로 마음의 건강을 되찾자. 내 건강은 스스로 지키자.

Q : 꼰대가 되지 말자.

A : 상대방이 질문하기 전에 오지랖 떨지 말자. 지갑을 열자신 없으면 굳게 입 다물자. 내 경험은 상대방에게 참고 사항일 뿐 진리는 아니다. 우린 신(神)이 아니라 그냥 나일 뿐이다.

아무리 당신이 셀프 자랑질해 봤자 현재 내 얼굴이 명함이라는 걸 꼭 잊지 말기를.

Q : 자기 인생 교정 교열 좀 하고 살자?

A : 지금까지 인생을 잘 살았든 못 살았든 뺄 건 빼고 더할 건 더하고, 고칠 건 고칠 나이가 되었다. 대학 은사님이 명절 덕담으로 해주었던 말이 새삼 뼈저리게 느껴진다. "지금까지 네가 살아온 인생과 정반대로 살아보는 것도 괜찮아."

3. 잘 살고 있다는 사실을 복기하자?

Q : 잘 살기 위해 위한 방법?

A : 아주 주관적이다. 남에게 베푸는 삶, 마음이 원할 때 여행하는 삶, 염치 있게 사는 삶, 마지막으로 너무 진지하게 살지는 말자. 우리 지금까지 충분히 열심히 진지하게 살았다. 그러다가 한 방에 훅 늙는 수가 있다. 한마디로 나를 좀 더 사랑하자.

4. 외로우니까 사람이다. 그냥 받아들이자?

Q : 때론 외로움을 즐겨라?

A : 결혼한 사람도, 애인 있는 사람도 외로운 건 마찬가지다. 지인들에게 물어보라. 특히 외롭다고 결혼한 친구들과 만남을 줄이자. 다음 날 나에게 남는 건 피곤, 숙취, 카드명세서

뿐이다. 만약 30대라면 외로움에 면역이 생길 나이도 되었다. 웬만한 사건엔 꿈쩍도 하지 않는 근육이 생긴 내 심장을 돌이켜보자.


Q : 많은 취미를 가지 말자?

A : 외롭다고 동호회에 들고, 사진을 배우고, 요가를 하는 등등 너무 많은 취미를 갖지 말자. 차라리 혼자 음악을 듣고, 책을 읽으며 지식과 마음을 살찌우는 게 나을 수도 있다. 그리고 주위에 득실대는 파리 떼 치우다가 심장에 기스 날 수도 있지 않을까.


Q : 가족에게 잘하되 착각은 하지 말자?

A : 부모, 형제, 즉 가족은 영원한 우군이다. 사람에게는 역할이 있는 것 같다. 부모는 부모대로, 자식은 자식대로 기본적인 의무가 있다. 단 한 가지 '조카 바라기'는 하지 말자. 조카는 조카일 뿐 내 자식이 아니란 걸 명심하자.


Q : 혼자이기에 좋은 것들?

A : "~해라, ~ 하지 마라. ~해줘, ~해야 돼"라는 말에서 해방될 수 있다. 연애에는 나이와 사람의 차이가 별로 없다. 똑같은 걸로 싸우고, 헤어지고 다시 만나고 한마디로 지지고 볶는

다. 몇 달, 몇 년도 못가는 콩깍지에 얽힐 필요도 없으니 나만 책임지면 된다. 시월드의 스트레스는 나의 것이 아니다. 그래도 지금 당장 애인이, 배우자가 필요한가. 당신의 선택사항이다. 마지막으로 법정스님이 쓰신 책의 제목이 생각난다.《함부로 인연을 맺지 마라》.

또 하루가 가는지 숙소 주인장이 들어왔다. 분명 바닷가엔 노을이 지고 있을 것이고 조금 있으면 여행자들이 하나 둘 모여 들 것이다. 세 명의 사람이 즐겁게 모여 앉아 낮술을 즐긴 걸 눈치 챈 주인장 동생이 한마디 했다.

"오늘 형님의 연애학 개론 들으셨죠. 근데 어쩌나 우리 형님 결혼 못한 노총각인데….."

"그래요? 저흰 결혼하신 분인 줄 알았죠."

"선무당이 사람 잡아요! 여하튼 제 찌질한 연애학 개론 들어 주셔서 감사합니다. 어디까지나 제 생각일 뿐이죠. 그저께처럼 마지막으로 한마디만 할게요."

"우린 저금이 아니라 아금이다.
만나자, 외로움보다
연애 감각의 소멸이 더 큰 문제다."

# 포르노를 보는 아침

아무것도 할 수 없을 때는

아무것도 하지 마라

마음이라는 것

비우는 것도
내려놓는 것도

욕심이다

대학시절, 〈소설 창작 실습〉 필수 전공과목 있었다. 학생들이 과제로 낸 단편소설을 동그랗게 둘러앉아서 하는 수업이었다. 하루 두 편 정도 평가를 하는데 우선 한 편당 세 명의 학생들이 소설을 소리 내어 읽고 그다음 학생들이 평가를 한후 마지막으로 교수님께서 마무리를 지었다. 그날은 내가 써낸 소설을 평가하는 날인데 작은 소동이 벌어졌다. 여학생들이 내 소설 읽기를 거부한 것이었다. 이유인즉슨 소설이 너무 야하다는 게 가장 큰 이유였다. 아직 내용도 안 보았을 텐데 제목만 보고 지레짐작한 것일 게다. 여하튼 내가 쓴 소설을 혼자 모두 읽는 것으로 작은 소동은 마무리되었지만 지금 생각해도 입가에 미소가 번지는 건 왜일까.

《포르노를 보는 아침》. 소설 속 주인공은 고시공부를 하듯이 하루에 14시간씩 글을 쓰는 문학청년이다. 한마디로 밥 먹고, 자는 시간만 빼고 글을 쓴다. 키도 크고, 얼굴도 준수하고 어느 하나 나무랄 데 없는 몸 건강한 20대 청년. 하지만 한 달에 한두 번 외출할 정도로 사람들과 단절된 삶을 살고 있다. 당연히 애인도 없다. 그가 간혹 자의적으로 외출을 할 때가 있는데, 바로 동네 목욕탕에 가는 것이다. 한 가지 특이한 건 매번 목욕탕에 갔다가 허탕만 치고 돌아온다. 바로 목욕탕 정기 휴일인 수요일에 갔기 때문이다. 그는 몇 달째 허탕을 치고 돌아와 들통에 물을 데워 화장실에서 고양이 목욕을 했다. 한 가지 특이한 점이 있다면 그는 매일 일반인들과 달리 아침에 밥을 먹으면서 포르노를 본다는 것이다. 일반인으로서는 상상하기 하기 쉽지 않은 행동이지만 그는 규칙이라도 되는 양 반복적으로 지켰다. 여하튼 그는 포르노 보기, 글쓰기, 밥 먹기, 잠자기, 수요일에 목욕탕에 가기를 달, 지구, 태양처럼 정해진 궤도를 돌았다. 그리고 한마디를 내뱉고 잠자리에 들었다.

"잘생기든 예쁘든 못생기든 다 똑같아. 자기만의 정해진 궤도를 도는 게 인생이라고!"


대학 시절에 쓴 단편소설을 떠오른 건 며칠 전 후배 세 명과 술자리에서 나눈 대화 내용 때문이었다. 후배들은 모두 직장인이었고 결혼해 자녀를 한두 명씩 둔 대한민국의 평범한 가장이었다. 술잔 몇 잔 오고가자 한 후배의 회사생활 푸념이 시작됐고, 모두 그 내용에 수긍하다가 경쟁하듯이 자기 회사생활이 더 힘들다며 핏대를 세웠다. 그 주제가 끝나자 아내 험담이 시작되더니 학부모로서의 고충으로 끝을 맺었다. 하지만 여기까지의 끝났으면 좋으련만 모든 게 한곳으로 모이는 깔때기처럼 술자리의 대미인 '성'에 관한 이야기가 시작되었다. 오늘의 모든 주제는 현재 내 삶과 무관하기에 한 귀로 듣고 한 귀로 흘리고 있는데, 한 후배가 나에게 질문을 던졌다.

"형은 애인도, 아내도 없는데 어떻게 성생활을 하세요?"

후배들의 시선이 모두 내 입으로 향했다.

"안 해!"

"형 그러다가 몸에 사리 생겨요?"

"사리 정도야 뭐! 이미 몸이 화석이 된 지 오래됐어."

"그런 생각 하면 안 돼요. 결혼 안 할 거면 애인이라도 만드세요."

"결혼 안 한 거 아니야. 못한 거지. 그리고 지금 내 나이면 부부도 각방 써. 한마디 더 할까? 잘생기든 예쁘든 못생기든 사람 다 똑같아."

후배들은 마지막 한마디에 모두 입을 닫았다.

그랬다. 술자리가 끝나고 후배들은 각자 집으로 돌아갔다. 집으로 택시를 타고 가는데 홍대의 수많은 연인들이 보였다. 어제는 사랑한다고 말하고, 오늘은 싸우고 다음 날 다시 화해하고를 반복하는 연인들. 회사에 출근하고, 회식하고, 다시 집으로 돌아가는 직장인들. 학교에 가고, 졸업 후 취직하고, 결혼하고, 자식 낳고 키우며 늙어가는 사람들. 아침에 혼자

운동을 가고, 혼자 집에서 글 쓰고, 혼자 술을 마시고 한 달
에 한두 번 마지못해 외출하는 나 또한 마찬가지가 아닌가.

"그래, 누구나 정해진 궤도를 돈다. 그게 인생이다!"

# 철드는 순간 인생은 지루해진다

수업 중에 한 제자에 물었다.

"교수님, 연세가 어떻게 되세요?"

"연세는 무슨! 00살."

"와! 엄청 동안이세요?"

"동안은 무슨! 철이 안 들어서 그런가?"

"철이 안 들었는데 강의를 하세요?"

"철이 없으니 겁도 없이 강의하는 것 아닐까?"

"왜 아직 철이 안 드셨어요?"

"그걸 내가 어떻게 알아? 음~ 인생을 재밌게 살기 위해서가 아닐까?"

 

 

학교에 강의를 나가면서 느낀 네 가지. 두 가지는 괴로웠고, 두 가지는 즐겁고 눈물이 났다. 먼저 괴로운 것 두 가지는 바로 공부와 담배였다. 첫 번째 공부! 내가 선생인지 학생인지 구분이 안 되었다. 오랜만에 술이나 한잔하자는 후배의 전화도 강의 이틀 전에는 나갈 수 없었다. 과목의 특성상 교재로 가르칠 수도 없었고, 오랜 세월 관련 직종에 종사해 경험은 풍부했지만 이론상으로 체계화가 되어 있지 않았기 때문이다. 그래서 출강 전날에는 거의 자정까지 강의 준비를 했다. 그 모습을 본 엄니는 웃으면서 한마디 타박을 했다.

"안 되는 머리로 고생이 많구만. 니가 고등학교 때 요새처럼 공부했으면 상위권 대학에 갔당께."

뇌의 주름이 사라진 것일까? 정말 뇌가 뺀질뺀질한 콩알처럼 작아진 것일까? 역시나 공부는 결혼만큼 힘든 일이었다.

두 번째는 담배! 담배가 무슨 문제일까? 요새는 학교 전 구역이 금연구역이고 흡연 장소는 건물 귀퉁이나 외진 곳에 있었다. 내가 강의하는 곳은 그나마 흡연 장소와 가까워 다행이었지만 문제는 라이터 불이었다. 회사 다닐 때도 사복을 입고 다녔고, 굳이 전임도 아닌데 양복을 입을 필요가 없을 것 같아 평상시처럼 백팩을 메고 운동화에 야구 모자를 푹 눌러 쓰고 강의를 나갔다. 그런데 편한 복장이 사람 잡을 줄이야 누가 알았겠는가? 흡연 장소에만 가면 라이터 빌려 달라는 학생, 얼굴에 담배 연기를 뿜어대는 학생, 갚을 것도 아니면서 꼭 담배 한 개비만 빌려 달라는 표현을 쓰는 학생 등 나도 어릴 적부터 담배를 피워 마음을 다 이해하지만 강의 나갈 때마다 두세 번은 이런 일이 반복되었다. 왠지 삥 뜯기는 기분이랄까? 그래, 양복

안 입으려면 삥 뜯길 수밖에! 심지어 수업 도중에 내 나이를 물어보는 학생도 있으니….

두 가지 좋은 점은 무엇일까? 축제와 보람이었다. 첫 번째 축제! 강의를 시작한 지 한 달쯤 되었을 때 학교 교문을 들어서니 난리가 나 있었다. 음악이 울려 퍼졌고, 푸드 트럭이 길가에 늘어 서 있었다. 여러 가지 게임 코너에서 즐거워하는 학생 등 일주일 전에는 느낄 수 없었던 활력이 넘쳐 났다. 수업이 끝나고 복학생 한 명과 과 주점에 갔는데 이곳이 바로 천국이었다. 20여 년 만에 느껴보는 젊음의 현장은 다니던 회사 주변의 홍대거리와는 또 다른 느낌이었다. 그날 정말 오랜만에 푸르게 취했다.

두 번째는 보람! 내가 가르치는 과목은 4학년 강의였다. 어느 날 ROTC인 제자가 찾아와 물었다.

"교수님, 제가 내년 초에 1집 음반을 내는데 일전에 수업에 오신 사진가 유별남 선생님의 사진을 앨범 사진으로 쓰고 싶은데 어떻게 해야 할까요?"

"전화해 볼게."

유별남 사진가와 통화를 한 후 명동에서 만나 술 한잔하며 흔쾌히 허락을 해주었다. 앨범이 대박 나면 그때 사례하는 조건으로, 꼭 대박 내라는 조건으로 말이다. 그 후 난 제주도에 몇 달간 작업을 하러 갔고, 서울에 와서도 까맣게 잊고 있었는데 제자에게서 전화가 왔다. 지금은 대학을 졸업해 대전에서 소위로 근무하고 있는데, 이번 주말에 앨범을 들고 집으로 찾아오겠다고 했다. 난 휴일 날 여자 친구 만나거나 쉬라고, 굳이 올 필요 없이 우편으로 보내도 된다고 했지만 제자는 기어이 술 한 병 사 들고 집으로 찾아왔다. 술 한 잔 마시며 나의 찌질한 연애학 개론을 이야기해 주자 제자는 연신 "맞아요"를 외쳤다. 그렇게 우리는 밤늦게까지 즐겁게 술을 마셨고 제자는 하룻밤 우리 집에서 자고 다음 날 군대로 복귀했다. 제자가 간 후 노래를 들어 보기 위해 앨범을 펼치는 순간 울컥했다. 단 한 줄의 글 때문이었다.

"교수님, 정말 많이 배웠습니다!"

다음 날 한 통의 문자 메시지가 왔다.

"교수님, 다음에 뵐 때는 형님이라고 부르면 안 될까요? 건강하세요."

그랬다. 너희들이 강의 중에 물었지? 몇 살이냐고, 동안이라고. 그래, 이제 속 시원하게 이야기해줄 수 있을 것 같다. 철이 덜 들어 그렇다고. 철이 덜 들어 회사에서 바른 소리만 하다가 잘리고, 내가 하고 싶은 것 다 하고 살았다고. 부모님의 속도 엄청 썩혔고 지금도 마찬가지라고 말이다. 그리고 철이 안 든 또 다른 이유가 있다고….

철이 들면 인생이 심심해지기 때문이라고.
책임감과 신중함이 뒤따르기 때문이라고!

철이요? 굳이? 무거울텐더...

# 미련이 곰탱이와의 속삭임

몇 년 전, 침대에 누워 TV를 보다가
벌떡 일어나 무심코 뱉은 한마디
"외로워 죽겠네."
며칠 전, 식탁에 앉아 술을 마시다가
벌떡 일어나 무심코 뱉은 한마디
"심심해 죽겠네."

면역력의 온도 차이!

사람은 시기에 따라 많이 듣게 되는 말이 있다. 예를 들면 초중고 시절엔 "공부 잘하니? 반에서 몇 등이야?" 대학 시절엔 "애인 있니? 취직 준비는 잘하고 있지?" 회사 다닐 때는 "연봉은 얼마나 받아? 결혼은 언제 해?" 등 누구나 이런 질문에서 자유롭지 못했을 것이다.

하지만 요새 자주 듣는 말은 조금 생뚱맞다는 느낌이 들었다. 가끔 오는 지인으로부터 전화가 오면 이구동성으로 첫마디가 "자냐?"였다. 이유를 물으니 목소리가 자다 깬 사람의 목소리 같다고 했다. 어쩔 수 없는 노릇이 아닌가. 엄니는 오전 10시면 바람과 함께 사라졌다가 저녁 6시가 되어야 우렁각시처럼 조용히 들어오다 보니 대화할 사람이 없어 목소리가 잠기는 것은 당연한 일이 아닐까? 그렇다고 전화가 자주 오는 것도 아니고 일주일에 한 통 올까 말까 한데 말이다. 이렇게 가끔 오는 전화를 해 오는 대부분 사람들의 목적은 내 직장 생활의 업무 능력을 공짜로 습득하겠다는 특징이 있다. 처음에는 안부를 묻는 착한 동생 코스프레를 하지만 결국엔 100퍼센트 노하우 습득이었다.

두 번째는 "바쁘시죠? 언제 술 한잔 해요?" 바쁘긴 개뿔이! '몇 년째 불효자는 놉니다' 생활을 하고 있는 것 뻔히 알면서 염장을 질러댔다. 바쁠 거라 생각했으면 전화나 하지 말지. 장수는 칼을 놓는 순간 동네 개만도 못하다는 걸 너희들도 조만간 알게 될 것을. "하나도 안 바빠. 언제든, 오늘도, 지금도 괜찮아."라고 대답하면 약간 당황한 목소리로 조만간 연락드리겠다며 서둘러 전화를 끊었다. 오죽했으면 업무상 거래처 사람과 들른 술집 주인이 전화가 고맙게 느껴질까?

'대화가 필요해!' 예전에 아무 감정 없이 웃으며 보았던 개그 프로인데 실제로 그 상황에 있다 보니 애완견을 키우는 사람들의 마음을 조금 알 것 같았다. "손님이 찾아오지 않는 집에는 천사도 찾아오지 않는다"라는 사우디아라비아 속담이 있는데, 얼마 전 한결같이 조용한 두 천사가 집에 머물고 있다. 한 달 전, 집에 찾아온 제자를 지하철역까지 데려다주고 난 후 난생처음 인형 뽑기란 걸 해보았다. 집에 아이가 있는 것도 아니고, 원래 기계 조작에 소질이 없어 무심히 지나쳤다. 오죽했으면 이 나이 먹고 운전면허가 없어 천연기념물이란 소릴 다 들을까. 그런데 기적이 일어났다. 4천 원은 정확히 조준했다고 생각했는데 '꽝'이었고 마지막엔 실수를 했다고 생각했는데 인형이 뽑히는 기적이 일어났다. '아기 곰 푸우.' 나 같은 사람한테 걸리다니 정말 미련이 곰탱이였다. 집에 돌아와 책상에 올려놓았다. 그런데 어느 순간부터 나도 모르게 인형과 대화를 하고 있는 게 아닌가. 한결같이 나에게 시선을 고정하고 있는 미련이 곰탱이는 그 후로 나의 친구가 되었다. 그 후 집 베란다에서 키우는 꽃 중 엄니가 가장 신경 안 쓰는 꽃을 서재에 가져다놓고 물을 주고 있다. 쑥쑥 자라는 모습을 보면 흐뭇했다. 주는 만큼 되돌려주는 꽃의 모습에 반했다고나 할까.

그랬다. 이 나이 정도 되면 외로움은 참을 수 있게 되었다. 차곡차곡 정리된 수납장처럼 외로움도 마음속에 잘 정리해 두니 면역력이 생기더라. 누군가 한꺼번에 수납장을 모두 열지 않는다면 말이다. 그런데 심심함은 참지 못하겠더라. 아직 백수라는 백신을 맞은 지 오래되지 않아 면역력이 안 생긴 것일까? 하지만 요새는 새로운 두 친구가 생겨 조금씩 심심함도 참을 수 있겠더라. 정말 진심 어린 말을 듣고 싶다. 어르신들이 아침, 점심, 저녁 하루 세 번 만나도 똑같이 건네는 인사말, 그 사람의 안위를 걱정하는 마음이 담긴 인사말이 새삼 소중하게 느껴지는 나날들이다.

"식사하셨습니까?"

어쩌면 은혜를 모르고 제 잘난 줄 아는 머리 검은 짐승보다 말은 안 통해도 마음이 통하는 모든 것이 천사일지도 모른다.

그래, 언제 한번 보자!

...거짓말...

# 장대비가 오는 날, 난 왕이로소이다

더 이상 숨을 곳이 없는 나이가 되었을 때
행복, 불행, 책임감에 짓눌릴 때
결혼의 유무를 떠나
오직 자신만을 위한 섬이 필요하다

오랜만에 지인들과 술자리를 가졌다. 여자 셋, 남자 두 명 총 다섯 명이 모였다. 공교롭게도 모두 미혼이었고, 한 사람만 빼고 모두 예술 관련된 일을 사람들이었다. 다행이다 싶었다. 대부분의 모임에 가면 결혼한 사람들이 많아 회사일, 가족 일, 자녀 교육, 마지막엔 이성에 대한 이야기를 듣고 있자면 곤혹스러울 때가 많았기 때문이었다. 예상대로 걱정했던 대화 주제는 나오지 않았고, 오늘의 대화 주제는 '스트레스 해소법'이었다. 각자 다른 예술 분야의 일을 하고 있지만 예술을 한다는 인지상정이랄까? 귀가 솔깃해졌다.

각자의 스트레스 해소법은 크게 다르지 않았다. 여행 가기, 책 읽기, 잠자기, 한동안 작업 멈추기, 음식 먹기, 술 마시기, 데이트 등 대부분의 사람들과 별반 차이가 없었다. 나 또한 그중 몇 가지는 해당 사항이 있었지만 스트레스 강도나 시기와 나이에 따라 조금씩 변했다.

그림을 그리는 여자 지인이 아무 말 없이 술만 마시며 고개를 끄덕이고 있는 내게 말을 걸었다.

"최 편의 스트레스 해소법은 뭐예요?"

"별다를 것 없는데. 지금껏 나온 것들 중에 해본 것도 있고, 지금은 고궁과 을지로 공구상가에 갑니다."

지인들이 다소 의외라는 표정을 지었다. 화제의 중심이 되고 싶지는 않았지만 분위기가 세세히 설명하지 않으면 안 될 것 같아 나름의 논리를 폈다.

"서울 도심이나 그 외의 지역에 오직 나만을 위한 공간이 얼마나 될까요? 대학을 졸업한 후 취직이 안 되어 집에 있기도 눈치가 보였었지요. 사람 없는 곳이 어디일까를 곰곰 생각해 보다가 내린 결론이 고궁과 을지로 공구상가였습니다."

"거기도 사람들이 많잖아요. 고궁엔 연인들이 있을 테고 을지로 공구상은 말해 뭐해요. 가장 사람 많은 곳 중에 한 곳일 텐데요?"

"음~ 그렇지요. 그러니까 요일과 시간대, 기후 조건을 따져서 가야 돼요."

을지로 공구상가는 일요일에 가는 최상의 장소였다. 30대 초반 때, 지인들과의 모임 자리가 종로여서 미리 서점도 갈 겸 해서 서너 시간 빨리 집에서 나왔다. 종로 5가에서 내려 걷다가 문득 어릴 적 자주 갔던 세운상가가 보여 호기심에 발길을 옮겼다. 예상과 달리 모든 상점들의 문이 닫혀 있었다. 다시 교보문고 쪽으로 발걸음을 옮기는데 대로 쪽이 아니라 뒷골목 쪽을 선택했다. 한 번도 길가 공구상만 봐 왔지 골목 안은 들어가 본 적이 없었다. 생각보다 좁은 골목이 미로처럼 이어져 있었고 대로 쪽보다 더 많은 작은 공구상과 식당들이 있었다. 마치 70~80년대 산동네 골목을 걷는 것처럼 낡은 간판과 상가들이 모여 있었다. 한 시간 정도 걷는 동안 단 한 사람도 만나지 못했다. 한편으론 약간 뒷골이 서늘해질도록 조용했다. 어깨를 부딪치지 않고, 맞은편에서 걸어오는 사람을 피해 걷지 않아도 되는 곳이었다.

고궁은 평일과 시간 그리고 날씨에 따라 선택지가 달라졌다. 대학을 졸업하고 취업을 하기까지 몇 개월 동안 난 사람이 없는 곳을 찾아야 했다. 외환위기라는 악재가 겹쳐 회사 다니던 사람도 퇴사하는 시기였지만 어렵게 뒷바라지해준 부모님에게 미안한 마음이 앞서 집에 있을 수 없었다. 그래서 마음 편히 책을 읽을 수 있고, 글 몇 자라도 쓸 수 있는 곳이 필요했다. 그러다 단순한 호기심으로 최적의 장소를 발견할 줄이야. 바로 '종묘'였다. 설마 하는 마음으로 들어갔는데 의외의 결과가 나왔다. 단 한 사람도 없었다. 연인들도 조선 왕들의 위패가 모셔진 곳에서 은밀한 데이트를 나눌 강심장은 없었나 보다. 한 바퀴 돌아보니 외진 곳에 딱 세 명 정도가 앉을 수 있는 작은 툇마루가 있는 건물을 발견했다. 그 후로 취직할 때까지 매일 신문과 읽을 책, 빵을 가지고 가 툇마루에 누워 하루를 보냈다.

두 번째는 고궁이랄까. 이곳은 시간 때와 날씨 상태를 체크해야 했다. 우선 '운현궁!' 종로 할리우드극장 뒤편에 한옥집이 한 채 있다. 많은 사람들이 반대편 인도엔 사람들이 많이 다니지만 운현궁 쪽 인도엔 사람들이 거의 안 다닌다. 혹 운현궁을 앞을 지나가면서도 건물 크기로 보아 궁이라고 하기엔 작고 한옥집이라기엔 매표소가 있어 유심히 안내판을 읽지 않으면 정체성이 모호한 곳이기도 했다. 바로 흥선대원군의 집, 역사교과서나 문학작품에서나 보던 곳이 바로 운현궁이다. 오전이나 점심시간 이후에 가면 한적하다. 점심시간엔 무료개방을 할 때도 있기 때문이다. 종로에서 직장 다닐 때 스트레스받으면 운현궁에 가곤 했다. 운현궁 안 음료수 자판기 옆 평상에 누워 하늘을 보고 있으면 천국이 따로 없었다.

서울에는 여러 고궁이 있다. 경복궁은 화려해 관광객이 많고 덕수궁은 미술관이 있어 사람들이 많이 찾기에 최상의 장소에서 제외했다. 그렇다면 최고의 장소는 바로 소박하고 물리 않는 '창경궁'이 아닐까 싶다. 이곳은 평일에 가야 좋다. 30대 초반 기자시절, 토요일에 잡지 마감을 끝내고 월요일 아침에는 자료 조사를 할 겸 정독 도서관으로 출근했다. 9시 반쯤 되었을까. 창밖으로 엄청난 양의 함박눈이 쏟아졌다. 자료 조사를 멈추고 곧장 택시를 타고 창경궁으로 갔다. 아무도 없었다. 눈은 금세 엄청 빠른 속도 쌓였고, 이국적인 설원이 펼쳐졌다. 그날 난 추억의 명화 〈러브 스토리〉의 주인공이 되었고 소설《설국》과《샤갈의 마을에 내리는 눈》의 마을에 가 있었다. 그날 이후 난 한 달에 두세 번 정도 창경궁으로 발걸음을 옮겼다.

내 설명에 고개를 끄덕이던 지인들은 한 번 가봐야겠다고 이구동성으로 말했다. 그러나 눈이 올 확률과 그 시간에 고궁 근처에 있을 확률이 얼마나 될까? 가장 좋은 날은 따로 있었다. 조선 왕의 집이고, 서울 도심에 나 혼자 그 넓은 장소에 혼자 있을 수 있는 곳, 음식물 반입이 안 되지만 경비원도 안 다니기에 처마 밑이나 정자에서 물병에 담은 소주나 김밥을 먹거나 누워서 책을 읽을 수 있는 날.

"장대비 오는 날, 창경궁에 가 보세요. 그날 그 순간만큼은 내가 왕이요, 왕비가 됩니다."

그랬다. 30대 초반, 왜 회사 부장이 휴일 날 빈 사무실에 출근하는지 그 마음을 알겠다. 딱 그 순간만큼은 어떤 간섭도 안 받고 편히 쉴 수 있는 공간이 바로 사무실이었던 것이다. 어느덧 나도 그 나이가 되었다. 힐링하러 사람 많은 곳에 여행 떠나는 것보다 나이를 떠나 사람에게는 자신만의 공간이 필요하다.

나만 위로할 것!
나만의 섬이 필요한 이유다.
그곳에선 난 중전은 없지만 왕이로소이다.

# 작은 것들이 갖는 소중한 의미

누구나 인생에 한 번은 꼭 겪게 되는
어쩔 수 없는 이별이 찾아올 때까지
미칠 만큼 사랑해보세요
그리고 함께, 서로 같은 곳을 바라보세요.
미칠 만큼 행복한 날들이 기다리고 있을 거예요
서로 사랑하면서 우리를 만들어 가는 삶,
멋지지 않나요?
말하라, 사랑이 그리움으로 변하기 전에

2003년 8월 23일 4시 23분. 의사는 그의 얼굴 끝까지 이불을 덮으며 4시 30분이라고 말했다. 난 아무 생각 없이 시계를 보았고, 사람들은 침대 앞에서 인간 낼 수 있는 가장 슬픈 목소리로 울었다. 시계를 보고 주위를 살폈다. 우리 가족 외엔 아무도 없었다. 눈에 보이지 않는 것이 존재하는 것일까? 10여 년 전 그날 가장 많은 눈물을 보았다. 그리고 사람에 대해 많이 알게 되었다. 우는 자, 덤덤한 자, 두 눈에 가득 고인 눈물을 참는 자, 가장 뜨거웠던 3일이었고, 가장 책임감을 느끼게 된 3일이었고, 사람의 정신력이 얼마나 강한지 알았으며 가장 무능력한 나를 보았다.

평생 한이 된 한마디. "사랑합니다." 끝내 말하지 못했다. 아버지가 다니던 직장에 가서 물건들을 챙겨왔다. 비가 오고 있었고, 난 우산을 접고 길을 걸었다. 집에 돌아와 그분의 물건을 정리했다. 금반지 한 개, 낡은 노트 속에 담겨 있던 만 원짜리 지폐들. 등산 가방 속에 저금통 하나가 있었다. 뚜껑을 열어 보니 전부 10원짜리 동전이었다. 2만 원 남짓한 동전들. 왜 100원짜리도 아니고, 500원짜리도 아니고 10원짜리였을까? 저 동전들이 모여 지폐가 되었을까?

14년의 세월이 흐른 지금도 내 머리맡에는 그날의 10원짜리 동전 저금통이 놓여 있다. 그리고 4시 23분이면 어김없이 심장이 뛰었다. 가끔 힘든 일이 있을 때마다 저금통 속 10원짜리 동전을 만져 본다. 2,000여 번의 손길이 닿았을 동전들. 동전을 담을 때의 마음이 전해져 눈물이 흘렀다. 그 사람의 손끝에 닿은 세상은 어땠을까?

작은 것에 담긴 소중한 의미한 담겨 있기 때문일까?
그날처럼 비가 오는 날엔 내 젖은 손끝이 시리다.
'우리'였던 날들, 깊은 추억이었다.

# 슬프고 웃긴 인생 사진관

흠,

여백,

내려놓는다는 것?

비운다는 것?

완벽,

성공,

행복의 저들

시계를 멈추고 나침반을 보라!

비 오는 밤 거실에서 술 한 잔 하며 페이스북을 보다가 2년 전 대뜸 문자 메시지로 청첩장을 보내고 외국 남자와 결혼해 한국을 떠난 후배의 글을 보고 잠시 멍해졌다. 짧은 글이었지만 일상을 담은 사진 보니 긴 여운이 남았다. 정말 내가

20년 동안 알고 지낸 후배가 맞는 걸까? 한편으로 다른 사람일 지도 모른다는 의심마저 들 정도였다. 170이 넘는 키와 서구적인 외모, 탁월한 유머감각 그리고 딱 부러진 업무 추진력, 사업 수완도 좋아 업계에서 모르는 사람이 없을 정도로 유명한 후배였다. 한마디로 '골드 미스'라는 단어가 정말 잘 어울리는 커리어우먼이었다고나 할까. 그런 후배가 쓴 글이기도 하고, 요새 우리 엄니가 나를 보면서 느꼈을 감정이라고 생각하니 마음이 복잡했다.

"완전 예쁘고 건강한 17개월짜리 우리 딸 OO이에요. 울 일도 참 없지. 오늘은 OO가 밥을 하도 안 먹어서 눈물이 났네요. 막상 또 울다 보니 이것저것이 다 서럽고 허무하고, 좋은 날씨도 짜증이 나고, 평온한 일상도 마음에 안 든다. 아프신 아빠도 너무 보고 싶고, 그 곁에서 힘들 엄마와 동생도, 한국의 친구들도, 만사에 무심했던 어느 시절의 나마저도, 그저 깊이 사무치는 그런 날입니다…."

하지만 결혼 전 몇몇 지인들과 함께 등산을 하며 나누었던 이야기를 떠올려 보니 삶이 이런 것일까? 하는 생각마저 들었다.

"오빠? 나 요새 드라마를 보든 동네에서 보든 아이들이 너무 사랑스러워 보여?"

산 정상에 가까워질 쯤 말하기도 힘들 정도로 가쁜 숨을 쉬던 후배가 뜬금없는 이야기를 꺼냈다.

"너 아이들 싫어하잖아? 시끄럽고, 거추장스럽다고."

"그랬지. 근데 얼마 전부터 몸이 원하는 것 같아? 좀 있으면 아이 낳기 힘든 나이잖아? 한마디로 자궁이 아이를 원하는 것 같아."

"그럴 수도 있겠다."

"나 이제 결혼해서 애를 낳고 싶어. 그래도 세상 사람 다 돼도 오빠는 아니야, 알지?"

"나도 그럴 마음 눈곱만큼도 없네?

그랬다. 그때 후배는 '몸'이 원할 정도로 아이와 결혼을 바라는 시기였고, 2년 만에 본인 그토록 원했던 삶을 살고 있다. 그렇다면 그때 나는 무엇을 간절히 원했을까? 성공도, 결혼도 아니었던 것 같고, 혹 내가 원했던 것은 지금처럼 직장 생활을 관두고 이젠 지긋지긋하다고 느끼는 자유로운 삶이 아니었을까? 이란의 장인들은 아름다운 문양으로 섬세한 카펫에 일부러 흠을 낸다고 하고, 인디언들은 구슬 목걸이를 만들 때 일부러 깨진 구슬 하나를 넣는다고 하지 않던가. 흠이 있고, 틈이 있을 때 삶이 완벽해지고 아름다워진다는 이야기가 아닐까 싶다. 후배는 아이에 대한 걱정과 사람들에 대한 그리움이 있지만 몸이 원했던 삶을 살고 있는 것이다. 그래, 나도 모르게 내 몸이 원했는지도 모를 현재의 삶에 흠이 없기를 바라지 않겠다.

"모든 한국 남자들이 날 안 데려 갔기에 외국 남자에게 가는 걸로….."

"모든 회사들과 여자들이 날 안 데려 갔기에 자유로운 삶으로 가는 걸로….."

흠이 있는 삶!
시계를 멈추고 나침반을 보자.

# 가끔 찌질한 나는 행복하다

**초판 1쇄 발행** 2017년 12월 22일

**지은이**      최정원

**펴낸이**      추미경
**책임편집**    주열매
**마케팅**      신용천 · 송문주
**디자인**      전주혜
**펴낸곳**      베프북스

**주소** 경기도 고양시 덕양구 화중로 130번길 48, 6층 603-2호
**전화** 031-968-9556  **팩스** 031-968-9557
**출판등록** 제2014-000296호

**전자우편** befbooks75@naver.com  **블로그** http://blog.naver.com/befbooks75
**페이스북** https://www.facebook.com/bestfriendbooks75

**ISBN** 979-11-86834-49-7 03810

이 도서의 국립중앙도서관 출판예정도서목록(CIP)은 서지정보유통지원시스템 홈페이지
(http://seoji.nl.go.kr)와 국가자료공동목록시스템(http://www.nl.go.kr/kolisnet)에서
이용하실 수 있습니다.
(CIP제어번호: CIP2017033481)